異靈獵人

Bogle Hunter

秦良玉

理心劍道的繼承人。二十歲，為何是高中生仍是個謎。
個性認真率直，勇往直前，喜歡用最直接的方式完成公會任務，用劍斬除一切，獲得「鐵石心腸・斬無赦」之名。她很看不慣胡妲姬賺錢至上的態度，總是講沒兩句話就被對方激怒。

原本是黃家仙道百年難得一見的天才，卻因故被逐出黃家。明明有著小鮮肉的十九歲年紀，卻總是懶洋洋、一副病懨懨快死掉的樣子，抱持「能坐著就不站著、能躺著就不坐著」的節能信條。代理伯父黃半仙進入公會，首次任務的搭檔就遇上不對盤的雙姝，讓他相當頭疼。

黃志明

年齡是女人的秘密。

個性率性妄為，擁有廣大的人脈，交友廣泛遍布正邪兩道。喜歡有趣的事情，討厭無聊，老愛捉弄人來排解無聊，最近喜歡上逗弄黃志明。她擅長魅惑人心，人稱「謎心魅姬」，連異靈都逃不開這招大絕。

胡妲姬

CONTENTS

第零章

病弱公子

山明水秀、風光亮麗的北部濱海公路旁，一座山丘裡藏有一座獨棟獨戶的豪宅。

這座漂亮的豪宅占地千餘坪，是電子業正風光時某位大企業的優秀幹部興建的。那位曾經的科技新貴原本計畫退休後到此養老，可惜他的計畫因為自身熬夜過度，爆肝過勞死而落空。

科技新貴英才早逝，豪宅隨之荒廢。

曾經設計美麗的庭園已經變成純天然的「景緻」。雜草征服地表，幾株果樹衝出綠地任意生長，美麗庭園變成蟲蟲樂園。

然而，已經有好幾年沒人入住的豪宅在一個月前又有了人氣。

一位少年住進豪宅。

花園還來不及重新整理，只開出車道。

清潔公司將屋內打掃後，裝潢工人繼續整修。

裝潢師傅帶了兩位學徒上工，看到充滿神秘感的少年雇主又躺在柔軟的躺椅上吹風曬太陽。

躺椅放在沙灘常見的大陽傘下，少年右手可及處的小茶几上則放置著百分之百蘋果汁，以及手工製的可口小餅乾。

拜現代網路與物流所賜，「一日之所需，網購均為備」，不論是陽傘、躺椅、飲料、食物，還是清潔、裝潢公司，都可以滑動手指從網路上弄來。

「黃先生好。」

「你好。」

神秘少年簡單的招呼，帶有拒人於千里之外的感覺。

裝潢工人走上二樓時，忍不住想問工頭。

「頭兒，那個少年到底是幹什麼的？年紀輕輕，不去上學，也沒在工作。」

「你管人家那麼多！人家是請我們來修房子，不是來當偵探的。」

「我是擔心啊……他的臉色那麼難看，搞不好在吸毒。萬一，有個萬一，我們會不會做白工？」

工頭怒瞪學徒。

神秘的少年雇主看起來很年輕，偌大的屋子不曾有任何一位親朋好友來拜訪他，獨自一人隱居在此，確實令人擔心。

不過，雖然少年老是慘白著臉，好像病魔纏身快死掉的樣子，他卻不必擔心做白工。因為少年已經大方地支付了八成的工程款。

當然，工頭也很好奇。

不過人生歷練豐富的工頭謹守本分，拿出師父的架子訓話。

「這裡山明水秀、遠離塵囂，他家裡有錢，來這裡買棟別墅養病不行嗎？」

「可是他的父母、親戚都沒來過，萬一人掛掉怎麼辦？」

「呸！呸！呸！烏鴉嘴，有你這麼說話的嗎？他是來靜養的，懂不懂？你知不知道什麼叫靜養？三姑六婆出沒，怎麼靜養？少說閒話，上工了！」

雖然工頭隨口幫少年雇主編了個可憐的身世，搪塞學徒的好奇心，但其實他比學徒更好奇。不過人家付錢大方嘛！所以好奇心與白花花的銀子相比……工頭為了妻兒做出明智的選擇。

樓下的少年不知道自己已經成為八卦主角，還被套上坎坷的身世。

會被人誤會成這樣，全都是因為「只要能坐著，就不要站著。只要能躺著，就不要坐著。」——此乃少年的生活準則。

不出門，純粹是懶得動。他將節省體力的精神發揮到極致，特別訂購長長的吸管，從杯子接到自己的嘴巴，不必起身、不必轉頭他就能喝果汁。

身體放鬆，腦袋放空，少年很珍惜平靜安詳的時光。

可惜手機來電，打斷他的放空，少年不情願地拿起手機。

手機視訊通話開啟，螢幕上出現一位戴著眼鏡的金髮ＯＬ，這位大姐姐坐在辦公桌前，桌上疊了好幾堆半人高的公文。這位擁有快撐破襯衫的豐滿胸部的女子帶著倦容向少年道賀。

「新房子住得還習慣嗎？我幫你訂了一組最新型的守護者雕像，應該已經送到了，你去門口簽收一下。」

「讓妳麻煩了。」

少年起身走向門口，馬上看到貨運員費力地將等身高的箱子搬下來。

簽收貨品，送走貨運員，少年再朝木箱走去，然後單手就將兩個大漢辛苦搬下來的東西拿向門口。

「你還要繼續休假嗎？我手邊有幾個案件，想賺點零用錢嗎？」手機裡又傳來金髮美女的聲音。

「上個任務已經消耗我一年份的勞動量。」少年毫不猶豫地推掉工作。

螢幕中的金髮美女站起來，做了個伸展運動，襯衫的前兩顆鈕釦馬上飛射而出。

「好吧，想活動的時候隨時聯絡我。可惡，又要縫鈕釦了……」金髮美女在埋怨中結束通訊。

少年拆開箱子。

等身高的黑色雕像帶有強烈的現代藝術感。這具「守護者」糅合抽象主義與立體派的風格，許多立方體排出不像人形的人形。

「呃……這是什麼？」

守護者雕像是最可靠的居家保全，可少年還是默默地開始重新包裝。這時手機鈴聲再次響起，視訊通話中出現英姿颯爽的少女。

「新居愉快！那是什麼？你的品味真嚇人！」

「不，那個是我們的聯絡人送的賀禮。」

「她品味還是那麼獨特。我想你需要更適當的保全系統。我已經聯絡咒術天堂，他們馬上會派人過去。」

「謝謝，不過我不需……要。」

少年話還沒說完，少女就切斷通訊。

「她還是一樣直接果斷，行動力超強。真巧，她們是約好了，輪流打電話過來嗎？」

所謂有一就有二，有二就有三，手機鈴聲馬上又響起。

這回是一位充滿魅力、猶如性感女神化身的美豔女子。視訊畫面中的她也躺在躺椅上，不過她則是在美麗的沙灘上喝雞尾酒。

「可愛的黃小弟～氣色很不錯呦。聽說你買了大別墅，怎麼沒邀請姐姐去玩？姐姐可以教你很多有趣的東西呦❤」

少年露出苦笑。

他所知的美豔女子做事向來只講究「有趣」，讓她開心、發笑的事才願意做。但人都是因為一些殘酷的事情才覺得好笑，凡是有人笑的時候，就是有人被傷害了。

「有什麼事？或是出了什麼事？」少年警惕地問。

「小事。我只是想告訴你消屍志願者的聯絡方式。」

「我為什麼需要知道？」少年心中不安的種子萌芽。

「因為你的新居地址已經曝光，會有很多人去找你呦！咦？那個守護者是她送的吧？作為聯絡人，她算是合格，但是作為女人的品味實在是糟透了。好啦，小弟弟好好享受一下受歡迎的日子吧，拜呦❤」美豔女子送上飛吻結束通訊。

少年馬上登入異靈獵人專用的特殊地下網站。他找到自己的懸賞，賞金五千萬並未改變，不過資料已更新，加上他現在的住址。

少年沉重地嘆氣。他可以無所事事如水母般懶洋洋地漂蕩的美好生活即將結束。

這段休息的時間實在太短了，幾週前才好不容易拯救了世界，那麼辛苦的任務，他應該獲得更長的假期。

要知道，那是個消耗他超過一年的勞動量、歷經九死一生的大任務……

第一章
召集令

北市的油麻街是個龍蛇雜處的地區。

此地曾是全市「毒、賭、黃」的集散中心，歷經數次的掃黑行動，時至今日油麻街已經不是黑道的大本營，但是各種地下經濟、遊走於法律邊緣與觸犯法律的生意依然是當地最興盛的產業。

這一帶向來混亂，其他地區的犯罪黑數（注：指雖然已發生，但由於種種原因而未記載的犯罪數量。）如果是五倍，這裡的犯罪黑數至少是一百倍。

大白天就有濃妝豔抹的女郎在路邊攬客，轉進小巷弄就可以找到正在走水路（注：施打海洛因。）的癮君子，多待幾分鐘就有機會看到強盜搶劫、打手出動，還有黑道討債衍生出來的血淋淋真人快打。

張志德與女友出現在油麻街。

他恨死這個無法無天的地方，要不是牛哥下達最後通牒，他才不想踏入此地。心不甘情不願地來到此地，他進入牛哥經營的「救急免驚」不到三分鐘就後悔了。

牛哥的救急免驚與全世界的地下錢莊都一樣——借錢免驚，還不起就驚死你。

張志德不是故意賴帳，他只是超級倒楣。

買股票，買到驚爆內線交易的股票，結果股票下市，大筆的投資變成壁紙；投資股票失利後洗心革面，不再投機，他決定苦幹實幹，於是借錢加盟做小吃。結果開張沒三天就有顧客食物中毒，統一供應原物料的加盟業主避不見面，把爛攤子丟給可憐的加盟者，於是小店倒閉，不但求償無門還被人追討賠償。

當初借錢的牛哥吃人不吐骨頭。牛哥不但是高利貸，還是詐騙集團，借據上的利息與本金數字，與借錢時講的完全不同。

當初張志德只借十萬，實際拿到九萬，結果借據上的金額竟然變成九十萬；利息從年息 12% 變成月息 20%，並且還是以日計息、複利累積。

拿到九萬，居然要還九十萬！

還不起，牛哥逼他賣腎，還要女友賣淫抵債！張志德嚇得奪門而逃，後面馬上出現十來位兄弟拿著西瓜刀、球棒、開山刀、大鎖等等凶器緊迫追殺。

「跑快一點！馬的，我怎麼會這麼倒楣？」張志德邊跑邊叫。

油麻街的人看到都很有默契地靠邊站好，避免被捲入，然而巷子口卻有少女擋路。

「滾開！別擋路！」

沒有一位良家婦女會敢單獨出現在此。更何況妙齡少女單獨出現在這不用五分鐘，就會被人拖到巷子裡強姦。

只見少女單身一人，一頭俏麗的短髮、穿著高中制服，表情淡漠與可愛的水手服飄逸裙襬，再加上手持單鋒長劍，形成不協調的景象。

不過考慮到油麻街的治安，不帶武器反而不正常。

「滾開！」張志德大叫。

女高中生直接用劍鞘打招呼。長劍像流光般的掃過，張志德在空中翻轉三圈，重重地摔倒。

——怎麼回事？

張志德痛到無法喊痛。

「別、別傷害他……要我做什麼都可以，我們會還錢，一定會……」女友六神無主地抱住張志德哭喊。

女高中生看了看兩人，又瞧見後方的追兵，決定直接離開不管閒事。好死不死她的手機在這時響起。

「妳好……是的，我是秦良玉……」

她接聽電話之際，追兵趕到。

來不及避開麻煩了。

牛哥還有他的部下們用色迷迷的目光打量著女高中生。

「哇好辣！這妞會玩劍耶，哈……」

「不如將她一起辦了～還是名校生耶！很多人好這口～」

女高中生——秦良玉神情自若地接聽著電話，聽見黑道兄弟的淫言穢語時，不免埋怨兩句：「……真吵……我不是說妳，要我去公會一趟？有任務直接發 E-Mail 給我就行了……什麼？特殊任務……什麼叫只有最無情的獵人才能完成的特殊任務？我這兒有些小麻煩，請妳等十秒，不，五秒就夠了……」

言畢，秦良玉將手機抛向天空，迅速抽出長劍。

劍在路燈下反射出古樸又暗淡的光芒，劍上刻有非常古老的文字，這些文字不屬於當今任何文明，沒有人能理解這些文字的意義，至今只用來裝飾華美的寶劍。

「小妞，那種劍太危險了，不如來玩牛哥我的真劍，不過我也不敢保證不會出人命，嘿、嘿、嘿……」牛哥大開黃腔惹得兄弟們淫笑連連。

「碰！碰！碰！」

劍快得像沒有重量，打擊的力道卻又像千金巨錘。牛哥的笑聲還沒有結束，就看到三位兄弟飛了出去！

用劍的女高中生，動手不留情。牛哥腦中浮現一個傳說——

女高中生，帶著長劍。

是秦良玉！

「鐵血無情斬無赦」的秦良玉！

一位可怕、凶惡無情的女子，不問青紅皂白任意斬人的凶神惡煞。

據說她要斬的人從來沒有倖免的可能，只要被她盯上，不管找誰求情都沒用。她不講人情，不受賄賂、不被威脅。

有人抓小嬰兒當人質，她不客氣地一劍斬下。

有人拉老奶奶當盾牌，她不留情地一劍斬下。

有人綁上炸藥企圖同歸於盡，她還是不妥協地一劍斬下。

根據不可靠的消息指出，她是拿錢辦事的凶人。「無情」向來是打手最大的聲望，那麼她絕對是任務達成率高達百分之百的超級打手。

不過，也有人認為她其實是個凶殘的變態，就像「雨天殺人魔」、「開膛手傑克」，每到特定的時間就會發病斬人。

「等等——我給妳錢……」即使聽過這些傳聞，牛哥還是拿錢求饒，冀望那萬中無一的縹緲希望。

沒用。秦良玉用揮劍回答。

斬無赦之名絕非憑空而來。

她奉行斬無赦的準則。拔出劍，針對目標不容留情，沒有妥協的空間。

牛哥被砍翻，很幸運沒有死，只斷了三根肋骨外加肩骨斷裂。

「臭婊子！我只是讓妳，不是怕妳……」牛哥只罵一句就把話吞了回去。

在他的視線中已經看不到站立的兄弟。所有人全部躺下，沒有一回之將，全部都被她一劍砍翻。

前後不到五秒！

秦良玉舉手接住手機，繼續通話。

「沒事了……我只是完成任務在歸返的途中碰上小麻煩……小事一樁，麻煩已經解決……那麼任務是什麼？要我親自到公會一趟，不要驚動任何人……真稀奇，公會到底在防誰？……高難度的任務？我接了。」

秦良玉望向抱著張志德的女子，哭成淚人兒的她像受到驚嚇的兔子般，害怕地向她求饒：「別再打了……他……他……是無辜的……」

「他並不是無辜的。」秦良玉留下這句話便轉身離去。

◆◎◆※◆◎◆※◆◎◆

大雪山森林管制區——

在這人煙罕至的原始針葉林裡，有位少年站在樹林中的小空地上。

少年姓黃，有個通俗的名字，志明。

黃志明名俗人不俗，他是黃家仙道百年來最為驚豔的超級天才。

黃家仙道相源於中國神話時代的黃帝，是否真如他們所言已經無法考究，但黃家仙道確實掌握著神奇仙術以及神秘的煉丹技術。

黃家仙道在地下世界是最有權威的藥商，他們能夠煉製延年益壽、去老還少的神秘丹藥，而且服用這些丹藥幾乎完全沒有不良的副作用。

若非要找出黃家仙丹的缺點，只有價格太貴。不過，黃家仙道從來沒想過跟普通人做生意。

他們的丹藥非常神奇，可以讓七十歲的老奶奶變回三十歲的模樣，而且改變的不止是外貌——如果只是改變外貌，已經有很多技術精良的醫美診所能辦到——黃家的仙丹妙藥不光是外貌，它連身體機能都恢復到三十歲的狀態！

相傳黃家仙道最神奇的丹藥可以生長不老，甚至讓人飛昇成仙，可惜這種神話級的丹藥已經湮沒在歷史的洪流中。

黃志明身為黃家仙道的天才，卻並不擅長煉丹，他是仙術方面的天才。

黃家仙道煉丹是一絕，但黃家真正可怕之處在於黃家仙術。黃家仙術，讓黃家擁有強大的力量，以便保有煉丹秘術。

黃志明在九歲時已掌握黃家的一百零八道基礎仙術，十二歲就學盡一千零八十種應用仙術，十五歲時除了少數血統限定的仙術與特殊傳承的秘術外，他在黃家已經學不到任何仙術了。

可惜，天才不容於家門。十五歲那年他因故差點遭受家法處以極刑，幸好伯父黃半仙擔保，家族施以九道仙術封印，用放逐之刑代替死刑。

黃志明被黃家放逐後一直宅在森林中，吃飯、睡覺、發呆，還有研究仙術。

曾經的天才，力量被封印，他不知道自己還能做什麼，只好繼續老本行，重新學習黃家仙術。

然而，天才就是天才，即使力量遭受封印，黃志明還是研究出用最小的力量施展仙術的技巧，接著他又研究出如何借用外力來施展仙術。

當然，宅在森林中的生活不只是研究仙術。他的時間主要花在發呆，發呆到睡著。還有看雲發呆、看樹發呆、看螞蟻發呆，最後發呆到睡著。

黃志明不懶，只是他身上的多重封印壓在身上，導致他不論做什麼事，消耗的體力都是別人的十倍。所以他不得不節省體力，能躺著就不坐著，能坐著就不站著。

發呆、睡覺、吃飯，就是黃志明的生活重心。研究仙術只是偶爾從事的娛樂活動。伯父黃半仙看不下去，將自己繼承的黃家秘寶「昆玉」丟給他。

「幫我研究要怎麼使用它。」

於是黃志明又有事做了。

今日，黃志明待在八卦古靈陣內研究昆玉。

八卦古靈陣由八棵大樹布陣，八棵扎根深厚的大樹吸收大地之力，源源不絕地提供力量。此陣排設不易，八棵樹即使以黃家仙術催生也要花費十年方能長成大樹，只有財力雄厚、長期經營的龐大勢力才有辦法布置這種陣法。

此陣妙用無窮，用於輔助修行則一年足抵十年功夫，在陣中學習仙術事半功倍，製作法器更是如虎添翼。黃半仙最喜歡在陣中煉丹，丹成藥力提升數倍，更有不少靈丹妙藥非得在陣中方能煉製。

就算什麼都不幹，經常待在陣中都有延年益壽的神效。強大的靈氣透過八個方位的大樹不停滙集。

黃志明會用八卦古靈陣供給能量煉成力之印，今日卻是借用陣法之力形成層層重重的封印，來壓抑各種強大的超自然力量。

黃志明手中狀似護身符的「昆玉」是件非常強大的武器，它的威力僅次於傳說中的末日武器。昆玉不像末日武器稍有不慎便會帶來世界末日般的破壞，但是駕馭昆玉的難度卻不亞於末日武器。歷史上有辦法操控昆玉的人還不到三位，黃志明正在努力成為第三人。

昆玉就如難馴的野馬，難以控制。

黃志明不停地結印，朝昆玉打出一道又一道的仙術。

累積龐大的仙術，無數神秘的力量作用在昆玉身上，突然間，昆玉微微晃動……

正是時機！

黃志明打起十二萬分精神，全力控制。

昆玉發出毫光，如閃電、如日焰，無與倫比的力量爆發！力量轟然雷動的大爆發，連火山爆炸在昆玉之前都要失色。

這股強大的力量突然失控，一朵小型的蘑菇雲瞬間綻放！

黃家向來避免製造駭人聽聞的新聞。

不遵守規則往往會帶來許多轟動的新聞。好比羅斯威爾飛碟墜毀事件其實是某人飛行失事，結果墜毀事件造成超級大轟動，雖然經過媒體操作隱藏了他們的存在，卻也產生外星人降臨的誤會。

而且現代社會隱藏的工作越來越難做，大街小巷都有監視器，車上有行車記錄器，手機有錄影功能。新聞的傳遞由傳統的報紙、電視進化為網路，消息的散播變得難以阻擋，甚至無從阻擋。

時代不同，不得不更加小心。

因此在大爆炸發生不到十秒，一位穿著老舊道袍的中年男子隨即趕到。

八卦古靈陣消失，山凹了一個洞，好像遭到隕石撞擊！

「來晚了。」中年男子嘆氣，同時露出頭痛的表情。

然後中年男子就開始哭喊了起來。

「志明吶志明，可憐的孩子啊……想不到你最後竟然在此夭折……唉……可憐的孩子，天妒英才……屍骨無存，孩子我會為你立碑……嗚，可惜了我的八卦古靈陣……」

就在此時，有如殭屍片中殭屍從墳墓裡鑽出來的場景，一隻手從砂礫中冒了出來！

接著，充滿怨氣的聲音從坑洞中傳出：「別隨隨便便就為活人立碑……咳！」

「屍變？大發現！昆玉居然還有這種功能！」

這時黃志明從隕石坑中鑽了出來，沙塵嗆得他痛苦地咳嗽，他現在還真有七分殭變的模樣。

「咳！不是屍變。大伯，我還沒死呢！咳、咳……」

「沒事就好……沒事就好……嗚……我的隱居之所……志明啊，認真研究是好事，但是、但是……」黃半仙看著滿目瘡痍的環境，心痛得快哭了出來，「你很不錯，居然有辦法引出昆玉的力量。我已經沒有東西可以教你了。你現在就可以下山，返回花花世界。」

黃志明從土中爬出來，翻個身，直接躺在地上說：「不。我不想……」

黃半仙打斷黃志明的話：「窩在山上是退休老頭該做的事。黃家不容你，但世界這麼大，你應該出去闖蕩，做些有意義的事。」

「大伯……」

「不必傷感。天下無不散的宴席。況且我就在這，累了歡迎回來休息。」

「大伯……」

「不必多說，事情就這麼決定了。我也是為了你好。快出來，我要善後。」

黃志明只好從昆玉炸出來的凹洞中爬起身，然後躺在草地上看著天空的白雲。

黃半仙看著他，嘆了口氣。他望向四周，慘不忍睹——八卦古靈陣消失，留下隕石坑，方圓三里內的樹木全被鏟平……

黃半仙再次深深地嘆氣。

「大伯趕我下山，是否嫌我麻煩？」黃志明懶洋洋的問。

「哈！怎麼可能！」

「真的嗎？」

「你這孩子怎麼變得如此多疑？」

「真的不是嫌我麻煩？」

「哈！你這孩子真是的……哈……」

黃半仙用大笑來掩飾自己的尷尬。就在這時，他的手機鈴聲響起，看到來電顯示，黃半仙便將手機拋向黃志明，不過後者卻懶得提手接住手機，任由手機掉到地上。

「有工作找上門。伯父年紀大了，你正好當代打。記住了，你這次出山代表我，千萬別墜了黃半仙的名頭。」

「工作？什麼工作？」黃志明問。

「公會的工作。」黃半仙邊解釋邊勸說：「你以為大伯的私房錢是打哪來的？公會的工作只有我們這種人能做，而且好處多多，一來替天行道不違祖訓，二來讓你歷練，三來公會的工作報酬高，以後大伯還指望你在信義區買間豪宅給我住呢！」

「好吧……」黃志明點頭答應。

黃半仙露出微笑。

黃志明自從拿走昆玉後，才脫離行屍走肉般的生活方式。可是黃志明研究昆玉又經常失控，類似的事件已經發生過好幾次。

現在把黃志明趕回俗世，總算擺脫大麻煩。

不過善後工作嘛……

黃半仙看著滿地躺平的大樹忍不住嘆氣，手捏仙訣，雲霧顯現。待雲霧飄過，完好的大樹幻影隨即出現。

「就用幻影先撐著吧。」

◆◎◆※◆◎◆※◆◎◆

北陽市場——

一群人在菜市場後方的小屋裡聚賭。

賭場東家羅哥在北陽市場稱得上是呼風喚雨的一號人物，每個月收的「清潔費」夠他吃香喝辣、快快活活過日子。

人總是貪，所以羅哥又開賭局。

賭局經常吸引許多菜市場的攤販、買菜的婆婆媽媽下場賭錢。

羅哥玩得很有技巧。生意不差的攤販，賭債就控制在二、三十萬，讓人有負擔，但不會負擔重到要跳樓。因此攤販每天辛苦工作，卻只能當過路財神，賺到的錢全拿去還賭債。

羅哥還上了幾位美貌的人妻——借錢賭博，還不出錢又不敢告知家人，最後落得陪睡抵債的下場。嚐過多次甜頭後，羅哥越來越挑，非良家婦女不推倒，非美女不上。

今天又有大魚入網。

超級美豔的胡妲姬，第一次看到她，羅哥便心動了，她簡直就是維納斯的化身！美麗與性感的代言人！看到她的當晚，羅哥做了春夢。說來可笑，歡場老手的羅哥居然因此興奮到失眠。

胡妲姬勾人的眼神叫人念念不忘，她簡直就是傳說中專門引誘男人的狐狸精。

今天是胡妲姬第五次來小賭怡情，第一次她嚐到甜頭，第二次她小輸，第三次又成功翻本小賺些許，第四次則是慘敗到差點就要借錢翻本。

這次嘛……

羅哥從襯衫第二顆釦子的縫隙中隱約瞧見她的事業線。

胡妲姬沒有大到可怕的豪乳，當然也不是貧乳，乳暈適中正好足以撐起一片天。她的穿著相當簡單，襯衫、牛仔裙、運動休閒鞋，將長髮束起的天蒼色緞帶是全身上下唯一的裝飾品；臉上是簡單的妝，桃紅色的口紅與淡淡的眼影。

她清純的模樣像是大學才畢業沒多久的社會新鮮人，不過那對眸子卻比縱橫歡場十年的交際公主更會勾引人。

羅哥私底下調查過她。她只是一般人，父母在大公司上班，除了收過交通罰鍰外，沒有過任何案底；畢業後在某間小公司當業務助理，資歷未滿一年，就是個社會新鮮人。往來的親朋好友中沒有人擁有「背景」，家世清白、奉公守法的小白兔向來是最適合下手的人間美味。

「不好意思是同花。通殺了吧？哈！」

手上只有小牌的一眾賭客叫罵連連，只能看著羅哥收錢。

胡姐姬翻出牌，五張同花色的連牌，很興奮地說：「我是同花順。要賠五倍呦！」

牌桌上有五名賭客，賭這種一翻兩瞪眼的梭哈，一分鐘就能賭個三、四場，雖然每局的賭注上限是一千，但架不住輸贏快。

不過事情進行不如預期。她沒有慘輸，而且還小贏！

她沒輸錢，羅哥的慾望無法實現。

平常羅哥總能操控賭局，想贏就贏、想放水就放水，可是胡妲姬今天的手氣太好，羅哥想贏卻沒辦法贏。

「要專心……」雖然羅哥提醒自己，但是胡妲姬的眼神太勾人，看著她就很容易失神。特別是今天天氣熱，胡妲姬汗水淋漓，衣服都貼到身上了，魅力加倍。

羅哥的注意力老放在胡妲姬身上，「發牌的技巧」老是用得不順暢，不小心輸一場竟然讓胡妲姬贏回五千塊！

羅哥發牌。

三、五、K、六、八。怎麼配都是烏龍。這種牌別說想贏胡妲姬，沒通賠就不錯了。結果當然是大賠！

羅哥再次發牌。

四、六、J、六、六。可配成三條六，贏面頗大。可惜主要的目標胡妲姬正好拿到三條七。

胡妲姬又贏錢，興奮高興地笑著，美麗的笑容風情萬種，勾得羅哥心都酥了，放長線釣大魚的原則馬上拋到腦後，決定今天她非「輸到脫褲」。

三、J、J、Q、三。兩對。

兩對贏面不大不小，可是胡妲姬今天的手氣極旺，一般的牌很難贏。

再望向胡妲姬，羅哥心中的邪火有如火山爆發，慾望有如黃河潰堤一發不可收拾。

「一定要贏！一定要把她弄到手！」

贏，不難。只要動點手腳。

正所謂十賭九輸。莊家能贏只有兩個原因，一個是賭局規則有利於莊家，另一個就是莊家詐賭。

梭哈的規則不會特別有利莊家，甚至莊家還要負擔賠三倍、五倍的風險。羅哥當莊能一直贏，靠的當然是詐賭。

三、J、J、Q、三，把Q換成J，馬上變成葫蘆！只次於同花順和四條的好牌。

「開牌！」一翻二瞪眼！

果然是通殺。

「我的三條！」

「可惜了我的K對子。」

「玩梭哈要對子做什麼？」

「可惡！再來！」

「等一下！」一名愛計較的賭客突然喊停。

「怎麼了，你要下場了？」

「不是！你們看！」

賭客指點撲克牌。他有張J，胡妲姬有張J，當莊的羅哥有三張J。

一副撲克牌只有四張J，賭桌上竟然出現五張J。

羅哥愣住了。

「幹！撲克牌最好有五張J！」

「怎麼會這樣……」羅哥睜大眼看著牌桌。

「羅哥太過分，大家賺的都是辛苦錢，竟然詐賭。」胡妲姬哀怨的抗議馬上引發所有賭客的不滿。

「羅哥詐賭！難怪我一直輸！」

「姓羅的還錢！」

「等一下，聽我解釋……啊！」

群情激憤！賭客們將輸錢的恨全出在羅哥身上，羅哥來不及解釋就遭揍。

羅哥覺得自己超冤的。

他是詐賭沒錯。可是搞到一副牌五張J？

他不是白痴，他的手法絕對沒差到這種地步。

他不明白，他只是把利用發牌之便將自己的牌與牌庫中沒用到的牌交換。明明就只是偷換牌，一副牌再怎麼換都不可能換出五張J。

詐賭被當眾揭穿，賭客們不幹了。婆婆媽媽大聲叫罵，攤販的大叔直接動手揍人，於是賭場內變成一團大混亂，打人的打人、搶錢的搶錢。

美麗的胡姮姬沒有加入大混亂，她利用混亂悄悄地離開賭場，彷彿賭場內發生的事與她毫無關係。

「真無聊。」

離開菜市場，胡妲姬打個哈欠百般無奈的說：「怎麼不發生一些有趣的事呢？」

埋怨之際手機鈴響，她瞧一眼疑道：「公會打來的電話，有任務嗎？公會的任務向來無趣……不過公會不方便得罪，先聽聽任務內容再說。」

「好久不見，近來可好？我最近好無聊呦，沒有異靈作怪就算了，居然也找不到有趣的男人……哎呀我聽得見，別這麼大聲……緊急事件？非我不可？別這麼說，這個世界不論有沒有缺人都能運轉，絕對沒有缺我就不行這回事。如果有男人對妳說，離開妳就活不下去，那麼妳肯定是受騙了。」

說完話，胡妲姬迅速將手機移開耳邊，如同打雷般的怒吼隨即衝出。

靜待數秒，等手機不再傳出罵聲，胡妲姬才慢條斯理地將手機移回，嬌嗲嗲地應話。

「妳真愛生氣，常生氣容易變老……」

「正經？我向來正經。難道妳認為保養肌膚對女人不重要？妳這樣不行呦……」

「公會的任務？妳不說我怎麼知道公會有任務，討厭啦～人家明明最重視公會了～」

「胡說八道，人家一點都不閒，我很忙。要從三十二位男士中選出最有趣的一位，是一件辛苦的大工程耶～」

「有緊急的特殊任務？可是我很忙的，如果是有趣的任務，先說說是什麼任務讓我考慮一下……」

「秘密任務？必須當面談？我最喜歡秘密了，看在妳的面子上我過去一趟唄❤」

第二章

緊急任務

公會全名「異靈對策聯合總公會」，旗下有許多分支機構，但人們習慣將這個無處不在、又隱藏在現實之外的神秘組織簡稱為「公會」。

公會就如其名，是為了對付異靈而存在。

公會在不同時代有過不同的名字，曾經是獨立存在於世界各國的許多組織，到了近代經過整合，將許多不同的組織合併成為今天的公會。而組成公會的眾多組織，則成為公會旗下的分支機構。

現在公會負責處理各種隱藏在光明下的問題，不僅針對異靈。然而，異靈屬最大宗。公會的成員包括靈能者、驅魔師、陰陽師、道士、巫師、丹士、祭師、武術家與科學家等等。公會不拘力量的種類與來源，只要能對付異靈，不論是超自然力量，還是科學的力量，公會都能接納並且加以研究。

公會本來只將負責處理異靈的人員稱為「異靈獵人」，而後不論是不是公會的成員，只要從事處理異靈的人員，全都簡稱「獵人」。

公會整合了全世界對付異靈的力量，在短短幾年的時間內就發展成勢力龐大的組織。公會不但擁有最頂尖的獵人、最優秀的專家學者，還擁有最強大的武器。

處理異靈是件危險的工作，索取的報酬也很驚人。公會與其他的私營商不同，公會不但負責解決異靈，還有一大批負責善後的工作人員。因為獵人們總是製造許多麻煩、留下許多麻煩，需要許多人員清理善後、情報控制等等。

私營的自由獵人最大的缺點就是沒有強大的後勤支援，報紙上出現的「外星人」、「神秘生物」八成都是這些獵人執行任務時不小心洩漏出來的。

許多國家每年都要用種種名義付錢給公會，然後公會幫他們擺平異靈以及異靈獵人帶來的麻煩。是的，包括異靈獵人帶來的麻煩，半調子的獵人製造的麻煩不會比異靈還少。

但是，強大的獵人同時也是最危險的麻煩製造者。

有時候獵人擁有強大力量時，野心會跟著膨脹，制止這些野心也是公會的責任。為了制止某些獵人，公會成立不久就曾引發大戰，公會駐地因此遭受毀滅性攻擊，但最後還是由公會贏得戰爭，並奠定獵人世界的龍頭地位。

此後公會記取教訓，新建立的公會駐地隱藏在任何人都找不到的地方，必須擁有特殊的方法與手段才能進入公會，即使是每天通勤進出公會上班的工作人員都不知道公會藏在何處。

公會派出公車負責載獵人與工作人員進出公會。不過即使是公車駕駛，也不知道公會存在何處。公車只有在市區行駛時才由駕駛操作，最後要進入公會時，卻是數種複合魔法與科技結合的自動駕駛，經過傳送再傳送，走過不為人知的秘密通道，最後才會抵達公會。

胡妲姬已經很久沒來公會。事實上她只來過兩次公會，頭一次是為了註冊成為公會登記在案的異靈獵人；第二次是為了特殊任務，該任務不曾出現在公會懸賞的任務表單上，由公會的巨頭親自下達指示。胡妲姬不喜歡為大人物服務，不過如果經由工作可以知道大人物的某些秘密，那又另當別論。

那次的任務很危險很有趣，事後大人物還想殺人滅口，不過大人物的計謀非但沒得逞，還被胡妲姬敲了不少封口費。

坐上公車，穿過魔法陣。這個進出公會的魔法陣經常換，完全沒有規律可言。

但因傳送的過程太過複雜，難免會發生失誤。曾有公車被傳送到次元裂縫，雖然公會馬上派出大量人員進行救援，結果完全找不到消失的公車，最後那輛公車以及倒楣的乘客永遠迷失在時空的間隙。

為了隱藏公會的位置，防護措施複雜到進出公會變成一場悠關生死的冒險。

胡妲姬一向不喜歡來公會，理由與進出公會很麻煩無關，她只是單純討厭公會的氣氛。公會的辦事員總是一板一眼，公會的氣氛總是很嚴肅，待在公會裡，原本風趣的人都會被同化為無趣的傢伙。

公車穿過七彩光芒組成的地道，終於抵達公會。

巨大的建築物獨自佇立在焦土上，它的外表看似龐大雄偉的神殿，神聖的彼德大教堂都比不上公會。

公會的四周被霧氣籠罩。魔法迷霧遮蔽了最先進的偵測技術，不論是衛星拍照還是最先進的雷達都無法看破迷霧。

曾有過「臥底」企圖走進迷霧找出公會所在地，結果他走入迷霧後再也沒有出現，直到若干年後魔法迷霧進行修整時，才發現了他的屍體。

胡妲姬走向公會大門。門口沒有守衛，只有兩尊巨大的石像。

這兩尊巨大的石像是古老的異靈，它們與古中世紀的某位巫師簽約，擔任守護大門的工作。依據約定，只要大門尚存，它們就得繼續工作。而公會動用特殊的手法，直接移植過來成為公會的大門。

只要不是公會的成員或受邀的客人，凡企圖通過大門者，兩尊石像就會醒來，用它們重達十噸的拳頭將入侵者打扁。

胡妲姬走向三樓，沿途就有五位獵人與三位辦事員向她搭訕，一直到她走入高級聯絡員溫蒂妮的辦公室後，還有無數的目光依依不捨地停留在門口。

「親愛的溫蒂妮好久不見，妳的樣子真糟糕。瞧瞧妳美麗的金髮怎麼變成枯萎的稻草？還有妳那對傲人的雙峰竟然垂頭喪氣。」

「誰的胸部下垂了！」溫蒂妮生氣地大吼。

「別生氣，常生氣容易變老。不幫我介紹這位可愛的女學生嗎？」

溫蒂妮瞪她一眼，決定不理會胡妲姬的挑釁，轉向辦公室內的第三人，介紹道：「別瞧她這樣，其實她也是公會最頂尖的獵人之一，擁有『謎心魅姬』之稱的胡妲姬。胡妲姬，這位是擁有『斬無赦』之稱的秦良玉。」

秦良玉不高興地望向胡妲姬，語氣不友善的說：「我知道她。她來這裡做什麼？」

「小女孩，說話別這麼衝，我是受邀於溫蒂妮的客人，她邀請我，我自然來了。我反倒是好奇溫蒂妮找個發育未完全的小女孩過來做什麼？」

「我不是小女孩。妳可以去查查公會記錄，我過去的七十九件任務，是全無失敗記錄的連續七十九件任務。」秦良玉語氣平淡的抗議。

「真了不起。不過這只能證明妳是優秀的獵人，並不能證明妳不是小女孩。小女孩與優秀的獵人兩種身分可以並存。」胡姐姬笑笑回應。

「我不是小女孩。」

「真的不是？等妳的乳量有溫蒂妮的五分之一，我就承認妳不是小女孩。」

一句話讓秦良玉遭受前所未有的打擊！

溫蒂妮的胸部極度搶眼，可稱為是人間凶器。兩人列隊比較……秦良玉簡直像是被挖掉的慘案。

「夠了！」溫蒂妮從來沒像現在這樣厭惡自己的豪乳，她嚴厲地瞪向胡姐姬，「我警告妳，別再拿我的胸部做文章！今天請妳們過來是為了一件任務。」

「我不需要助手。」秦良玉信心十足的回話。

「真傷腦筋。我很怕被人連累。」胡姐姬也笑嘻嘻地拒絕合作。

「事實上……還有第三位獵人。等他到了，我才會說明任務內容。所以，在第三人抵達之前，妳們都可以退出。」

居然還有第三位獵人！

而且溫蒂妮的意思是，以尚未抵達的獵人為主，秦良玉與胡姐姬只是他的助手。

秦良玉、胡姐姬已經是公會最頂尖的獵人，當她們接到任務時，向來是用高標準挑助手，從來沒有居人之下的情況。

溫蒂妮請兩人過來竟然是當別人的助手！

集結三位最頂尖的獵人，這個任務恐怕非比尋常。

「難不成是封印在公會最底層的毀滅級異靈逃出來了？如果是這種事，妳得加派十倍的人手。」胡姐姬半開玩笑地試探。

「不是。封印完好。」溫蒂妮回答。

「不守時的第三人是何方神聖？」秦良玉問。

俗話說：不怕神一樣的對手，只怕豬一樣的隊友。第三位獵人的分量若是不夠，別說讓他當隊長，連組隊合作都沒得商量。

「第三人是黃半仙。」

「妳指的是那位值得尊敬的前輩？」秦良玉微微動容。

「是的，就是他。」

「如果是他，我可以留下來。黃半仙是公會裡極少數不無聊的獵人♥」

秦良玉瞄了胡妲姬一眼，「獵人的工作豈能用無聊來形容。」

胡妲姬毫不在意地回答：「我又不是苦修士，沒有自我虐待的傾向。能挑工作伙伴，當然要挑有趣的。那位資深帥哥何時抵達？」

「應該快到了。」溫蒂妮語氣中帶有不確定的因子。

「溫蒂妮見過黃半仙嗎？」秦良玉問。

「當然。我是他的聯絡員，怎麼可能沒見過他。」溫蒂妮自豪地回答。

「他是怎樣的獵人？」秦良玉問。

「這個嘛……很難說……」溫蒂妮仔細思考，斟酌用詞後才說：「我可以保證，他與妳猜想的模樣絕對不同。」

「黃半仙果然是偉大的人物。」秦良玉頗為期待。

「想必是與眾不同的有趣人物～」胡妲姬笑嘻嘻地說。

在這充滿期待的氛圍當中，門再次開啟，公會最頂尖的獵人、眾所期待的黃半仙沒出現，只有年少的黃志明走入房內。

「抱歉我來晚了。太久沒來市區，都忘了交通狀況有多糟。」

「你是新手獵人？看起來頗為眼生，來我這做什麼？」溫蒂妮疑惑的詢問，她的辦公室施有魔法，非經邀請無法進入，但她不記得曾經邀請眼前的少年。

「我叫黃志明，為接任務而來。我家大伯已經退隱，一切責任轉交予我。」說完，黃志明拿出證明身分的手機，然後主動找張椅子大方坐下。

公會的手機不但有聯絡功能，同時也是身分證明，就像作為鑰匙的磁卡。而且手機的保密功能極佳，結合高科技與魔法，非經原主人同意，任何人企圖使用都會啟動自毀功能。

黃志明手中的公會手機，證明他是黃半仙的傳人。

但他只是一個孩子，而且他的表現太糟……

他像團軟泥，癱在椅子上。

如果有位欠缺運動的書呆子，突然被拉去慢跑，跑完三千公尺後的模樣也不會比黃志明現在的模樣還糟。

「溫蒂妮，我們要的是黃半仙，不是一個快死掉的小鬼。」秦良玉很失望。

「我知道。這下傷腦筋了。我現在就為妳們兩人解說任務，同時申請緊急支援。」溫蒂妮甚至沒正眼瞧黃志明一眼，隨口說道：「黃少爺，你可以回去了。很感謝你有這份心，只是這次的任務需要最頂尖、最熟練的獵人。」

「那我就是了。」黃志明有氣無力的回答。

「我相信黃少爺將、來、會是最頂尖的獵人。」溫蒂妮基於對黃半仙的尊重沒請警衛過來，但再過三分鐘就很難說了。

「我現在就已經是頂尖的獵人。我對付過的異靈早就破百，伯父將他的手機交給我，就是相信我能代替他完成任務。妳可以不相信我，但是請相信伯父的信譽。」

黃志明的形象沒有半點頂尖獵人的模樣，他臉色蒼白、虛弱無力，好像長年臥病在床的病肺癆鬼。

「我很想相信……不過那個人做事……」溫蒂妮言語中帶有異樣的憤慨，「總之不行就是不行！」

「別生氣，他是那位黃半仙的繼承人耶。」胡姐姬突然挑逗黃志明：「要不要大姐姐教你一些有趣的事？」

「性感的大姐姐雖然好，不過我個人比較偏好清純的姐姐。」黃志明無力地拒絕。

「人要多方嘗試，才能拓展視野呦～」

「有機會的話當然可以試試，不過現在以任務為重。」

「咳！我還沒同意讓你參與任務呢！」溫蒂妮重咳一聲，隨即阻止胡姐姬在自己面前引誘少男：「胡姐姬妳少在這裡發騷！」

「我這叫享受人生。這小男生雖然嫩了點，不過滿有趣的。」

溫蒂妮雙手不停地敲打鍵盤，看著搜尋的結果，表情越來越難看。她負責的獵人當中，實力高強的全在執行任務，剩下的不是能力不足就是養傷中，完全找不到適合執行任務的獵人。

「小帥哥，獵人的世界很危險，別管任務了。姐姐帶你參觀公會，然後再去做些有趣的事❤如何？」

「謝謝。伯父退休了，我會代替他完成該完成的工作。」

「哎呀呀，拒絕淑女是很失禮的事耶～」

他拒絕了胡妲姬！

在場所有人都對黃志明另眼相看——他成功地抗拒了胡妲姬！看來他不只是個病懨懨的少年。

黃半仙做事，有時不太正經，重要的工作都能隨便丟給毛頭小子，不過黃志明只要有黃半仙一半的能力，就有資格參與這項任務。

於是溫蒂妮問：「妳覺得他怎樣？」

「他？」

對方認真的語氣，讓秦良玉認真地重新審視黃志明。

她目光凝視，有如一把出鞘的利劍，一把殺人的劍，指在咽喉叫人心驚膽顫。赤裸裸的威脅，秦良玉像是無情的劊子手，等待著命令就要一劍斬殺黃志明！

黃志明依然有氣無力地微笑面對，完全不受秦良玉的威脅影響。

「咦？有趣～」這時胡妲姬露出意外的表情。

「如何？」溫蒂妮問。

明明就是秦良玉在測試黃志明，卻由胡妲姬回答：「想不到他見過血。」

「什麼意思？」溫蒂妮依然不明白。

「小女生斬殺無數才有如此可怕的氣勢，這小男生也不簡單啊！除了手中有過幾條人命、見過夠多血的人，其餘的只有天生的變態才能不受小女生的殺意影響。嘻，原來他是披著羊皮的狼❤」胡妲姬再深入解釋。

「那麼妳承認他有實力？」溫蒂妮再問。

「天曉得。我只知道他的經歷一定很有趣。」胡妲姬不負責任地回答。

「好吧，這個任務可以交予你們三人，不過在這之前必須簽下A級保密協議，保證不洩漏任何機密。」溫蒂妮嘆氣。

簽好保密協議，溫蒂妮啟動保密機制，關閉網路、監視器，啟動三重防護措施之後，才開始說明任務內容。

「公會遺失了一件物品。收藏在禁忌寶庫的一件物品遭竊。」

秦良玉大是驚訝，「公會的禁忌寶庫擁有全世界最先進的保全系統，還有最強悍的守門人看守，寶庫裡的東西怎麼可能失竊！」

「是的。但是寶庫的東西還是被偷了。公會質疑有內賊，所以請你們秘密且迅速地追回失物。」

「真有趣，居然能從禁忌寶庫拿走東西。太厲害了❤」

「獵人的工作不是對付異靈嗎？」黃志明有氣無力的問。

「是的。不過對付異靈，只是獵人的工作之一。好的獵人也是優秀的偵探。」溫蒂妮說明。

「怎麼會有人想動禁忌寶庫的東西？公會丟了什麼東西？」秦良玉顯得很擔心。

「《喚靈之書》。幸運的是，竊賊僅僅偷走封印中的《喚靈之書》，只要封印沒有解開，《喚靈之書》就只是一本具有文化價值的古老書本。」

「還好不是『無盡之冬』或是『春日頭骨』被偷。」秦良玉說。

「要是我就會拿走『創世之筆』或『傾世元孃』！拿走《喚靈之書》有什麼用嘛～」胡妲姬說。

秦良玉與胡妲姬聽到失竊物的名稱後顯然都鬆了口氣。不過，溫蒂妮像個壞心眼的後母般，非要對女孩們潑冷水，打擊她們的好心情。

「事實上，《喚靈之書》的危險程度一點都不低於妳們所知的那些東西。根據古老的殘卷記載，這本書將在世界末日後發揮作用，喚醒全世界的靈，經由各式各樣的靈來填充毫無生機的末日世界。不過，如果提前讓這本書發揮作用，就會有大量的靈被喚醒，這些在不適當的時間被喚醒的靈，有九成的機率變成異靈，帶來偌大的傷害。」

「你們必須儘快追回《喚靈之書》，否則竊賊找到解開封印的辦法，《喚靈之書》將喚醒大量的靈，甚至會將足以毀滅世界的靈都喚醒。」

「幸運的是，禁忌寶庫裡的東西都施加特殊魔法，在公會已經啟動防護機制的四十八小時內，竊賊無法將《喚靈之書》帶離開本市，任何想要帶著禁忌寶物離開本市的人都會遭到最強大的魔法攻擊。」

「我敢保證竊賊在防護機制啟動的時效內絕對無法帶走《喚靈之書》，防護措施強到連神靈都會被徹底毀滅。你們必須在四十八小時內……呦，不！更正，現在只剩三十九小時了。你們必須在時限內追回《喚靈之書》，否則就會被小偷悄悄帶走了。」

「太好了，我最喜歡拯救世界。那麼有什麼線索嗎？」黃志明打趣地說。

「完全沒有。沒有可疑人物，沒有可疑指紋，禁忌寶庫連遭人入侵的跡象都沒有。事實上，公會等到防護措施自動啟動時，才發現東西失竊。」

溫蒂妮好像怕任務難度不夠高，又給三人加上限制：「基於保密協定，你們不能將《喚靈之書》失竊的消息告訴任何人，連公會的其他獵人也不行。你們甚至不能讓任何人知道禁忌寶庫遭竊。」

「知道了。」秦良玉說。

「為什麼？」黃志明質疑。

「因為公會覺得公會的面子更重要。不要在意，這個世界就是這樣，即使是公會也不能免俗。不過任務有難度才有趣嘛～」胡妲姬用輕佻的語氣說。

「並不是。」溫蒂妮解釋：「這是支會長與副會長深思熟慮後的決定。公會必須揪出內賊，保密是為了避免打草驚蛇。公會已經組成秘密調查小組。今天《喚靈之書》遭竊，明天『無盡之冬』就有可能被帶走，所以公會必須亡羊補牢找出內賊，並且填補禁忌寶庫的防護漏洞。」

「我們可以去瞧瞧禁忌寶庫嗎？」黃志明問。

「不行。除了守門人與公會總會長外，即使是公會的支會長、副會長，都不能踏入禁忌寶庫。」

溫蒂妮的說詞與一連串的限制，換來三道不友善的目光。

沒有線索，不能透露《喚靈之書》遺失的消息，還不許到犯罪現場……公會的種種限制讓他們無從下手！

「雖然不能讓你們進入禁忌寶庫，不過我請來守門人『杜』，為你們解說案情。」

禁忌寶庫並不是由公會建立。禁忌寶庫的歷史遠比公會還悠久。兩千多年前，早在耶穌降生前數百年，禁忌寶庫就已經存在。

公會成立後，理所當然的接收禁忌寶庫，並且將更多的禁忌物品送入寶庫中。

禁忌寶庫擁有最古老、最強大的防護措施，公會接管禁忌寶庫後，又為它加上最先進、最強大的防護措施。不過，禁忌寶庫最大的防護措施還是守門人。守門人擁有非常古老的魔法能力，他們可以針對偷竊者進行詛咒，他們擁有強大的力量，但強大力量的代價是永遠守護著禁忌寶庫。

一旦成為守門人，就必須永遠守護禁忌寶庫，除非寶庫遭竊，否則守門人永遠不能離開禁忌寶庫。

杜是一位光頭壯漢。他來自古老的地方，但是他的穿著並不古老，簡單的休閒外套、新潮的牛仔褲，手上拿著美國職棒大聯盟冠軍的棒球帽。

杜開口就表示不能合作，只能分頭行事。

「我很想與你們合作追緝竊賊，但是禁忌寶庫的規矩限制我不能與你們合作。不過我可以給你們我的手機號碼，以及召喚符咒。只要撕開這張符，我就會用禁忌秘法立即來到你們身邊。但是只有在找到失竊物、竊賊，或是攸關生死時，才能撕破這張符。」

「有任何線索嗎？」秦良玉問。

「很遺憾，完全沒有。我們用最先進的儀器，用最古老的魔咒，都找不到任何入侵的跡象。即使是幽靈入侵，向來都逃不過我們的監視，但這次不論在高科技的監視器中或是記錄魔法中，卻都沒有留下任何線索。」

杜搖了搖頭，繼續說：「進入禁忌寶庫必須走過禁魔走廊，即便使用強大的隱身咒，進入走廊後仍會現形。我完全無法想像有人能偷走《喚靈之書》……不過那個竊賊死定了！我會親手將竊賊大卸八塊，然後將他的靈魂丟入地獄永世受刑！」

◆◎◆※◆◎◆※◆◎◆

杜帶來的消息毫無幫助，不過任務還是要完成。

黃志明是黃家的天才，他可以用黃家仙術製造許多奇蹟，可惜黃家仙術在占卜問卦這塊很弱。毫無頭緒，不知從何下手，黃志明只能雙手一攤，請求資深獵人同伴提供行動方案：「好吧，現在妳們有什麼想法？」

「與我合作的偵探在這次的任務恐怕派不上用場。我認為再厲害的偵探也派不上用場，或許只有占卜師或預言家可以幫助我們。」秦良玉也覺得很為難。

「想不到小小的限制就讓你們束手無策。看來我得當一次保母了。」胡妲姬挑弄著自己的髮尾。

「我要求妳收回這句話。」秦良玉不滿地抗議。

胡妲姬像是頑皮的壞小孩，很故意的挑釁：「小女孩就是小女孩，就算妳是頂尖的獵人，一樣是需要保母的小女孩。」

「我說過我不是小女孩，我並不需要妳的照顧。」

「那麼妳是處女嗎？」

「什麼！」秦良玉臉頰漲紅。

「未經人事的女人就是小女孩。」

「我當然……」秦良玉又羞又氣，她企圖反駁，但是她的反駁卻顯得很衰弱：「誰規定一定要、要做過才是大人！」

「小～女～孩～～～」

黃志明明智地退到旁邊，一點都不想涉及她們的爭吵。但是兩人的爭吵內容越來越不像話，完全沒有停止的跡象，最後他只好開口詢問：「咳！女士們，麻煩先暫停一下。我想請問妳們，曾幾何時都市的異靈已經多到公然逛街的程度？」

「一般來說，人口密集的地方，異靈的數量只會更少。」秦良玉特別瞧向胡妲姬，意有所指地補充：「絕大多數的獵人都很盡責。」

黃志明指向大街，那裡有三隻異靈。

「是我看錯了嗎？那三個傢伙是怎麼回事？」

一隻異靈正在大啖路邊攤的冰淇淋。攤販主人保護商品的動作妨礙異靈進餐。

一隻異靈正在騷擾恩愛中的情侶。情侶恩愛的畫面刺激到異靈。

一隻異靈正怒眼瞪人。異靈突然撲向穿著昂貴西裝的成功男士。

「不好！」

三人異口同聲之際也同時動作。

秦良玉劍出鞘，毫不留情地斬向殘暴的異靈；胡妲姬用勾魂的眼神吸引嫉妒的異靈；黃志明運用力之瓶施展仙術，降伏有如餓鬼的凶暴異靈。

黃家仙術瞬間封印一隻異靈，但還有兩隻異靈，黃志明忍著痛苦要再施術。他的目光移向下一隻異靈，卻只見劍光回到劍鞘，撲向西裝男的異靈已經被斬殺！理論上，物理攻擊對靈體無效，可是秦良玉這一劍斬下去，作亂的異靈就一分為二，被斬殺了。

第三隻騷擾情侶的異靈升天了。胡妲姬用一個吻就讓充滿怨恨的異靈放下仇恨，歡喜升天。

三人各顯神通，瞬間解決三隻異靈。

秦良玉特別正眼瞧了黃志明一眼，然後用專業的眼光判斷：「很弱。新生的異靈。」

這三隻異靈並不是非常強大的異靈，但也絕對不是「很弱」。不過，強弱往往是比較出來的。在秦良玉眼中，這三隻鬧事的異靈就像新生兒，完全不知道如何運用力量。

人來人往的大街上不該出現異靈，就算出現也不可能同時出現三隻。

「我們的運氣真好，居然能見到三隻新生的異靈。等會去買張彩券吧❤」胡妲姬說著輕佻的風涼話。

就在這個時候，三人的手機鈴聲同時響起，溫蒂妮發來簡訊，短短的幾個字讓他們臉色大變。

「封印被解開了！」

六個字的簡訊宣告事態嚴重惡化。

封印解開，《喚靈之書》不再只是上鎖的末日武器！

第三章

二十三點五樓

異靈，泛指變異的靈、變異的生靈，以及來自異界的生靈。

《喚靈之書》喚醒的靈為變異的靈。

人死可以為靈，信仰凝聚可以為靈，自然力量可以為靈，怨氣聚集可以為靈，信念集聚可以為靈。百分之九十九點九九九九九的靈無法凝聚成形，即使有人信仰燒香拜拜的神靈都很少凝聚成形。

靈凝聚成形，並且干涉三次元物質界的事務，就是異靈。

《喚靈之書》讓靈獲得三次元的形體，將原本無法干涉世界的靈變成異靈。

異靈不見得不好，只是大多數的異靈都會帶來危害。

減肥中的少女，吃不得美味冰淇淋的欲望累積集結化為異靈，就有異靈攻擊冰淇淋攤販的案件發生；失戀的男人恨意滔天，就有騷擾情侶的異靈產生；中年失業賺不到錢的恨，就有仇富的異靈出現。

《喚靈之書》將原本不會出現也不該出現的異靈全部喚醒。

這些靈原本要等到世界末日後才會出現，進行終末的大審判。提前將它們喚醒，世界末日也將提前到來。

在《喚靈之書》的作用下，異靈暴增。大量的異靈鬧事，公會緊急調派獵人處置。

黃志明三人加快腳步，繼續執行秘密任務。只有收回《喚靈之書》，將其重新封印才能根絕問題。

黃志明三人乘坐胡妲姬的轎車在擁擠的車陣中移動。為了保密，胡妲姬打發轎車司機去峇里島度假，現在她親自擔任司機。

這輛車與外觀看到的不同。車是T牌的平價小車，只有外殼是低調的平民車，內部異常寬廣豪華。經由空間魔法改造，車內的空間擴大兩倍，不僅寬敞舒坦，更配備了柔軟的座椅，甚至還有酒櫃與衣櫥。

公會、公會的獵人，與黃志明的想像並不同。

胡妲姬讓他覺得困惑。第一眼瞧見胡妲姬時，黃志明甚至認為她是異靈！她的一舉一動都充滿魅力，有意無意之間散發驚人的賀爾蒙，與她同處一室的男性很難不發情。幸好黃志明精通黃家仙術而且沒有多餘的精力發情，他才沒有失態。

秦良玉是很優秀的獵人，認真盡職。她殺氣凜冽，就像一把鋒利的寶劍出手無情。

獵人很難不沾血腥，如果她的身分與她的穿著相符那就太可怕了。

她如何練就如此濃厚的可怕殺氣？就算是每天照三餐斬殺異靈，也很難達到啊！

而這樣的秦良玉卻有清純可愛的面容，挑去濃厚的殺氣，她就像可愛的鄰家女孩。但她的個性很危險，不論是黃志明還是胡妲姬都確信自己的舉止若是妨礙她執行任務，劍將無情斬下！

兩位同伴的實力無庸置疑，可是黃志明卻有「前途無亮」的感覺，特別是秦良玉與胡妲姬水火不容的樣子，更叫人擔心。

三個人坐在車內，卻沒有人交談，於是黃志明打破現況。

「想不到我在公會接的第一個任務就是攸關世界存亡的任務。不過，《喚靈之書》的威力似乎言過其實，異靈的數量不如想像中的多。」

黃志明癱在座位上，明明沒做什麼運動，但他卻像跑完三項鐵人般勞累。

「小弟弟該不會以為邪惡組織奪取毀滅性武器是真的想要毀滅世界？」胡妲姬故意反問，試探黃志明的智慧。

胡妲姬不喜歡跟傻瓜合作，跟傻瓜合作不但辛苦，而且一點都不有趣。但她也不喜歡跟聰明人合作，聰明人心眼太多，令人討厭。

她只喜歡跟有智慧的人合作。有智慧的人知道什麼話該講，什麼事不該做，人不會讓你無聊，又不會害你提心吊膽。可惜聰明的人很多，有智慧的人卻很少。

「我明白了。」黃志明坦率表達自己的領悟：「製造核彈的目的並不是為了發射它，而是嚇唬人。邪惡組織把世界毀滅，他們的欲望反而無法實現。街上的這些異靈就如核子試爆。他們這一手玩得真漂亮，告訴公會『我們有能力控制《喚靈之書》，乖乖聽話，否則就弄出一大堆異靈搞死你！』……不過，也不能排除封印尚未完全解除的可能性。」

「不必管那麼多，我們只要把東西拿回來就行。」秦良玉的目標明確，沒多餘想法。

「問題是毫無線索。」黃志明嘆氣。

「妳要帶我們去哪？」秦良玉問。

「當然是找情報商。」

「情報商？公會的極機密，情報商怎麼可能有消息？」黃志明感到疑惑。

胡妲姬朝他眨眨眼，露出風情萬種的迷人表情說：「小弟弟雖然是黃半仙的傳人，不過還有得學呢～～～」

◆◎◆※◆◎◆※◆◎◆

轎車開進１０１大樓的停車場。

這棟曾經是世界第一高樓的１０１大樓已經成為城市的地標，不但成為代表城市的建築物，更是國際觀光客必來的景點。除此之外，它是天地靈氣交會的地方。

生靈越多，靈氣越多。

過去，天地靈氣交會於高聳的靈山；到了現代，人口集中在都市，靈氣就集中在都市當中。於是高樓大廈便成為交會天地靈氣的地方。而這座直指天際、高聳入雲、佇立大地穩若盤石的１０１大樓，理所當然成為靈氣匯流之所。

這種地方最容易產生異靈，當然也是產生超自然力量的寶地。

許多組織都在１０１建立據點，而為了監控、管理這些據點，公會特別在此地建立管理處，派遣戰鬥法師長期駐守，不論是哪一層樓有突發事件，都能在十秒內抵達現場。

因為有公會的干涉，沒有人敢在１０１大樓鬧事，甚至有不少意圖不良的組織被趕出

101大樓。

像情報商這種遊走黑白兩道的組織，向來是公會嚴密監控、全力取締的對象。因此秦良玉不得不質疑：「這裡有情報商？」

「小女孩不知道這裡有情報商，不代表我不知道。」

「就算有，也是公會附屬組織，要探聽情報不如直接到公會的管理處。」秦良玉不以為然的說著。

「所以我才說妳是小女孩。公會的勢力再龐大也不可能控制整個世界，我們正在執行的任務就是最好的證明。」

秦良玉冷哼一聲，算是同意胡妲姬的說法，走進電梯後又問：「幾樓？」

「還是我來吧。」

「就算是小女孩也能幫妳按電梯！」秦良玉負氣地說。

「好吧，麻煩妳了，二十三點五樓。」胡妲姬壞笑一聲。

「二十三點五樓！」秦良玉冒出更濃厚的殺氣，如同實質的殺氣好像無數把刀刃指向胡妲姬。

不怪秦良玉生氣，二十三點五樓分明是在找碴搞出來的樓層。101大樓有二十三樓、有五樓，但哪來的二十三點五樓？

別的地方也許有可能。有許多神奇的技術可以在二十三樓與二十四樓之間開闢空間，建立二十三點五樓。好比胡妲姬就為自己的愛車進行改裝，將車內的空間放大，將小轎車的有限空間變得寬廣舒適。

可是這裡是101大樓。公會為了讓靈氣流動順暢，嚴格管理任何阻礙天地靈氣交會流動的折疊空間、平行空間等等，這些全都不得出現在101大樓。

任何人都不可能在公會的眼皮底下幹壞事。

胡妲姬沒理會危險的殺氣，按下三十二樓後再按下五十三樓，接著在盲人專用的點字上快速點了幾下，神奇的事情隨即發生：在二十三樓與二十四樓的按鈕旁，原本沒有任何按鈕的地方竟然出現一個新的按鈕。

真的有二十三點五樓！

捉弄完秦良玉，胡妲姬一改之前輕佻的作風，嚴肅地說：「等會進入情報商的地盤後，你們多看多聽，不論發生什麼事都要聽我的指示。情報商不光賣情報，有時候也會主動製造情報。我不希望我認識的某人的死訊變成情報商的獨家情報。」

「我曉得，誰叫我還是沒經驗的小弟弟。不過小弟弟學得很快，很快就會長大。」黃志明幽默地自嘲。

胡妲姬將目光移回秦良玉身上，等待對方的回答。她的眼神充滿挑釁的意味，好像故意出難題給一板一眼的秦良玉。

「我不會做出妨礙執行任務的行為。」

秦良玉一點都沒有打算向胡妲姬妥協的意思。她有自己的行事標準——為了任務，一切阻礙斬無赦！

二十三點五樓的情報商店名就叫「二十三」。二十三是個奇妙數字，甚至有部電影就叫《The Number 23》。

經由名字的魔力，二十三點五樓的情報商店二十三獲得某種特殊的力量。

在強大的魔法保護下，二十三點五樓看似不存在，即使三人就站在入口處，還會以為自己看到的是一面牆壁。無數的魔法將二十三點五樓隱藏起來，將它的存在從人類的感官中抹殺。

「遺忘魔法、隱匿仙術、不存在法陣、消失秘法、視而不見的詛咒……真不簡單！難怪公會沒發現二十三點五樓藏有情報商……」黃志明如數家珍地報出二十三布置在入口的魔法。

情報商布下許多強大的魔法，證明他們卓越非凡的實力，看出這些布置的黃志明也證明自己擁有非比尋常的能力。

進入二十三裡頭更有許多強大的禁制、陣法。受到這些強大禁制的壓制，絕大多數的魔法、仙術都無法使用；即使能夠使用，威力也大幅縮水。

「別緊張，不光是顧客的力量遭受壓制，裡頭的人也一樣。」

胡妲姬的解釋並不能讓兩位同伴安心。坐在服務檯的美女態度雖然親切，雙眼卻是冒出兩個詭異綠光的小螢幕，她將看到的東西轉化為二進位數據，由0與1組成的文字串流代替眼珠。

「未來科技，機械化戰鬥女僕！」秦良玉警惕地盯著服務檯的女孩。

未來科技就是來自未來的科學技術。少數的未來科技來自於時空亂流，絕大多數都是未來世界運用種種手段運送過來的。

「未來」有許多種可能，因此「未來」也有許多個。有好幾個「未來」都送來未來的技術、產品，甚至還有互相競爭的狀況。

科技始於人性，機械化戰鬥女僕就是人性邪惡面的具體表現。機械化戰鬥女僕是由一種邪惡不人道的未來科技所製造出來的，將源於未來的晶片植入活生生的少女大腦，把少女變成機械化戰鬥女僕。戰鬥女僕晶片植入之後，少女看似存活實為死亡，變成由晶片控制的人形傀儡。

機械化戰鬥女僕不但昂貴而且戰鬥力驚人，一名機械化戰鬥少女就能打倒一個全副武裝的陸戰連。這些機械化戰鬥女僕使用肉體的力量，不受種種禁制的壓制，她們在戰鬥中可以使出超越人類極限的力量，即使身體因而損壞都不會在乎。

胡妲姬雖然不理會機械化戰鬥女僕，但她厭惡的眼神已經顯示心中的不滿。

她甩開女僕直接走到最裡頭的房間，門上掛有門牌「總經理」，以及許多強大的守護魔法。

「死胖子開門！」胡妲姬朝大門罵了一句。

女僕追跑過來恭恭敬敬地說：「胡小姐請您隨我到接待室。」

「死胖子還不開門！別以為我不知道你躲在裡頭！」胡姐姬不理會女僕。

「客人請自重！」機械化戰鬥女僕雙眼的0與1由綠色的串流變成紅色的串流，傳達危險與警告。

「敬酒不吃吃罰酒！」

胡姐姬居然一腳踹開大門！

門上所有的防護魔法全都沒發揮作用，魔法的光芒閃爍幾下隨即熄滅。如同電流竄動的魔力流飛竄到胡姐姬身上後馬上消失，結果什麼都沒發生。

房內，豪華董事長椅上有位中年胖子，他不但有肥厚的鮪魚肚，而且還有嚴重禿頭。凌亂的辦公桌上擺有兩臺筆記型電腦與三個電腦螢幕，外加疊了半個人高的資料夾，在這眾多的資料夾中居然還摻了幾本情色雜誌。

他看到胡姐姬闖入，臉上閃過慌張的表情，迅速蓋上筆記型電腦後馬上改用熱情的態度招呼：「美麗迷人的胡姐，您的行動力真強，我只是一時忙不過來，何必這麼急？」

「誰叫你又改電話。」胡姐姬不依不撓的說。

「我這……這是我的新名片。我知道您忙啊，不好意思叨擾您。」

小小的一張名片暗藏殺機！不但有控制人心的巫術，還有瞬間釋放高壓電流的未來科技陷阱。

黃志明發現帶有惡意的巫術，馬上用手勢警告胡妲姬，但她無視黃志明的示警，淺淺一笑後大大方方接過名片。

電流竄動！

足以電焦大象的高壓電無情襲擊，胡妲姬卻像在享受按摩似的陶醉在電流的刺激下，挑逗地說：「我就知道盧胖子喜歡觸電的感覺❤」

媚眼放電，連同高壓電一起電得中年大叔暈頭轉向不知東南西北，中年大叔的表情變來變去，在幸福與痛苦中掙扎，表情不停轉換，搞得他顏面神經失調——半邊臉笑，半邊臉哭，有如恐怖劇的滑稽小丑。

最後中年大叔竟然拿自己的額頭用力撞擊桌面！

「哎、呀呀，沒想到你還有這種嗜好~」

腦門滑下一道血痕後勉強恢復清醒，中年大叔才可憐兮兮地說：「最難消受美人恩。

胡姐饒了俺吧！」

「你是在嫌棄我？」

「沒有沒有沒有！我最喜歡胡姐了！不過工作期間不談情、不說愛，下班後俺樂意被胡姐電！」中年大叔倒是識時務的表明立場。

「盧同別緊張，我是來談生意的。今日以獵人的身分與你談生意，所有的費用我將要求公會全額支付。」

盧同很吃力地將自己撐起來，哭喪著臉說：「胡姐別玩我了……公會的錢太燙了，我收不起。」

「你收不起沒關係，二十三收得起。」

「胡大姐！俺好不容易跟人合夥開了這間小店，請您高抬貴手。」

「這怎麼行？特殊情報費是獵人可以申報的支出耶，你們家的情報費那麼貴……」

盧同的胖臉糾成肉包般苦苦哀求：「不然給您打折，用最高級的黑卡 VIP 給胡姐七五折優待。」

「七五折？」胡姐姬很不滿的樣子。

胖子盧同的肥臉糾成包子，一副快哭出來的模樣：「七折，不，六折！六折是我的極限，給六折我還要自己補貼差額！胡姐想要什麼情報？」

胡姐姬眨眨眼像是天真無邪的好奇少女，甜甜地問：「最近有什麼新鮮事嗎？」

盧同拿起手帕將滿頭大汗擦乾，脫力似的摔回自己的座椅。

「多了。不知道胡姐想要知道哪一方面的事？」

「隨便說幾件跟公會有關或公會可能會在意的事。」

盧同打開筆電，插入未來科技的次元波網卡，登入以未來科技架設的秘密資料庫。

「這個世界永遠不缺新鮮事，特別是與公會有關的事更多如過江之鯽，不過胡姐會有興趣的嘛……有了！公會的前第一把交椅黃半仙隱居的地方在稍早發生大爆炸。根據不明來源分析，黃家很可能煉製出一批新的丹藥。但還有另一個消息源指出黃家煉丹失敗炸爐了，下半年的魔藥市場很可能大漲價。」

「咳！」黃志明不小心發出聲。

眾人的目光全移到他身上。自己找到椅子坐下來休息的黃志明，神情露出尷尬的表情。大爆炸什麼的跟煉丹完全沒關係，不過始作俑者不想解釋。

「這件事一點都不重要。麻煩來些有用的。」

盧同打量黃志明數眼，發現在自己的情報中沒這號人物後問道：「小兄弟眼生得很。」

胡姐姬馬上撇開關於黃志明的話題，責備盧同：「別岔開話題，你的消息似乎越來越不靈通。」

「哈！」盧同乾笑兩聲，「經過小店的情報分折團隊努力分析，我挑出兩個胡姐可能會有興趣的消息。首先是五指山發生怪事，沉睡的軍魂被人喚醒。公會正與有關單位接洽，同時準備派出精銳前去清掃異靈。」

盧同的目光移向胡姐姬，企圖從她的表情找出些許情報，但發現自己無法抵擋她的媚力後又急忙轉移目光繼續說道：「有人要在某夜市交易特殊物品，雖然不知道是哪兩方人馬，不過交易的物品肯定是公會想回收的違禁品。」

「某人？某夜市？交易某物品？」秦良玉對這種含糊的說法很不滿。

「別生氣！可能的物品太多，可疑的勢力太多。我們只賣可信度夠高的情報，不明確的事當然也要老實告訴妳，詳情不明。」

秦良玉對盧同的解釋依然不滿，目光移向胡姐姬，只要對方一點頭她馬上拔劍逼問。

可惜胡妲姬的態度與秦良玉完全不同，她對盧同的答案已經很滿意。

「下次的暗示別這麼明顯，不然就太無聊了。」

「嘿……」總算讓胡妲姬滿意，盧同發出安心的笑聲，雙下巴不停抖動之餘瞄向胡妲姬，又忍不住發出邀約：「胡妲最近有空嗎？有家新開張的餐廳很不錯。」

「嘻，我這個人也是公私分明，等我完成公會任務再說。你希望我能完成任務吧？」

「當然！」

「那麼還有新的情報就寄到我的手機。」

「這不合二十三的規定。」

「盧小胖~規定是死的，人是活的。給人家一點方便嘛❤」

充滿媚力的聲音像是惡魔的低語，不停消磨盧同遵守情報商規定的鋼鐵之心，最後他自暴自棄的大喊：「認識妳是上帝給我的最大考驗！該死的！胡妲想怎樣就怎樣吧！」

「謝啦，可愛的小胖子❤」

情報到手，不過只有胡妲姬明白完整的情報。

盧同的話，黃志明聽得很清楚，可是內容卻聽得超模糊。

「某人要在某夜市交易某物品？妳懂了嗎？反正我是不懂。」

「不就是有人要在士林夜市交易？他已經很明白地暗示我們，其中一方的交易者是公會的獵人。我覺得很可疑，值得一探。真有趣～原來公會真的有叛徒呢！」

「公會的獵人……」秦良玉的表情變得更加嚴肅，「知道交易時間嗎？害群之馬不可饒恕！」

「是非曲直都還未明，別急著判死刑……」黃志明說。

秦良玉對黃志明的說法不以為然。而胡姬姬只露出高深的笑容，彷彿浪費口舌跟秦良玉爭執是件浪費生命的事情。

秦良玉的態度正如她的名號「斬無赦」絕不留情，絕非三言兩語就能改變。

胡姬姬將話題轉向黃志明：「你的來歷已經被情報商看破，在你證明自己的實力之前，會有許多覬覦黃家仙丹的人找你麻煩。小心點，別被殺了呦～」

「咦！還有這種事！」黃志明只是一愣就露出無所謂的表情，「沒關係，有辦法就來殺我。走偏門的壞蛋通常是公會懸賞的對象吧？自動撞過來的話，只有清理掉。」

「不錯呦❤我喜歡有自信的男人。如果三個月後你還活著的話，打個電話通知我，姐姐會帶你去許多有趣的地方❤」

◆◎◆※◆◎◆※◆◎◆

二十三點五樓——

盧同正在啃雞排看錄影，三個螢幕都在播放胡妲姬的錄影畫面。

「該死的妖精，真想把她推倒！」盧同在腦補畫面之後，收起色心開始辦正事，「幫我接咒術天堂……」

電話一接通，他馬上拿出受害者準備提告的態度大罵：「你們賣的咒術到底是怎麼回事？居然連個小妞都擋不住！馬上給我送最強的防護咒過來……什麼！還敢跟我收錢！不是說有一年保固？我才買三個月耶！」

「對折？先把咒術送過來，實用的話我再考慮要不要付錢……什麼事？我不是叫妳們好好守門……」機械化戰鬥女僕突然出現在辦公室，把盧同嚇了一跳，「機械狂人那群黑心商人，說什麼機械女僕是最忠心最好用的工作人員，竟然連看門的工作都做不好……

呃？哇咧！」

女僕的頭突然從脖子上垂下來跟胸部貼到一塊。機械化戰鬥女僕雖然是活死人，但是脖子斷掉等同切斷機械人的電線，身軀死亡的同時，機械化戰鬥女僕也失去了活動能力。

盧同嚇得身上的肥肉不停抖動。

「你是誰！怎麼進來的！」

來者是位神秘男子。他冷冰冰的說：「你不必管我是誰。聽說這裡是最有效率的情報商，我來買些情報。」

盧同胖胖的手悄悄移向桌下的警報鈴，神秘男子瞄他一眼，冷酷無情的說：「我不介意繼續殺人。我只怕不小心誤傷了你，沒辦法取得情報。你也不希望發生意外吧？」

「哈！客人真會開玩笑！客人想要什麼情報？」盧同流出冷汗，再次詛咒咒術天堂、機械狂人、梅林的魔法塔等等商店：死奸商生孩子沒屁眼！都賣我些啥爛貨！

「我要繪製三十公尺見方的大型魔法陣，市內哪裡有地氣十足的合適地點？」

「大型魔法陣？做什麼用的？」

神秘男子瞄他一眼，殺氣外露，「你管太多了。」

「我這不是要幫你篩選嘛～不同的魔法陣需要不同的魔力源，不知道魔法陣的用途，我怎麼幫你找地方？」

「只要地氣十足便行。」

「這樣的話，足球場、棒球場、公園都合適。很少舉辦活動的足球場較隱密，不過棒球場的靈氣較充沛，因為來看比賽的人很多，相對的，氣息比較雜亂。」

盧同善意的提醒，只換得神秘男子充滿殺意的眼神。

盧同只好摸著鼻子悻悻然的說：「我把符合客人需求的地點印出來，請您自行選擇。」

「很好，麻煩你了。」神秘男子一揮手，兩隻地獄犬就從地板浮現，「這是給你的報酬。你家的門衛與防護跟沒設防差不多，這東西你正需要。」

盧同苦笑三聲，自嘲地說：「哈！把我家的保全都弄死，然後送上看門的地獄犬……你、真、是、用、心、良、苦！」

第四章

忠勇聖靈

五指山公墓，眾多忠貞愛國的軍人長眠之所。

這個地方原本就有異靈，不過獵人們以「忠勇聖靈」尊稱。異靈、聖靈，在本質上並無不同。人有好壞，異靈也有好壞。對人類有特殊意義的異靈經常被冠上聖靈之名。

此地的忠勇聖靈雖然不是古老的聖靈，卻是少數可以溝通的聖靈，而且它們還以國家的守護靈自居。如果告知來意是為了尋找胡亂喚醒軍魂的凶手，忠勇聖靈就算不肯幫忙，想必也不會為難人。

於是三人又坐上胡姮姬的豪華小轎車前往五指山。

這一路上他們都很克制沒去清掃異靈。

《喚靈之書》的效果越來越強，導致異靈不停的冒出來。雖然現在出現的全是弱小的異靈，但誰都不能保證偷走《喚靈之書》的惡賊不會喚醒強大的古老異靈。

黃志明苦惱地坐在副駕駛座。

他們三人應該通力合作完成任務，可是秦良玉與胡姮姬兩人之間的對話卻一直充滿火藥味。兩位個性、觀念迥異的女子間的衝突，吵得黃志明無法休息。他今天的運動量已經超過一週的運動量，可是兩位美女卻不給他休息的機會。

她們倆才上車就因為「該不該向委託人收錢」吵起來。

「獵人已經從公會收取賞金，怎麼可以再向被害人收錢。不付錢就不消滅異靈，這麼做跟索賄、勒索有何不同！」

秦良玉做事規規矩矩，行事作風一板一眼，眼中只有任務，不容許任何人阻礙任務進行。在她眼中，獵人消滅異靈是責任也是義務，讓異靈為害民眾就是獵人失職，向被害人收錢，無恥至極！

「妳在說什麼傻話～可憐之人必有可惡之處，會被異靈纏上肯定是不修私德的問題人物。對這種人不必客氣，花錢就能贖罪已經很便宜他們了，況且公會付的那點小錢怎麼請得動本小姐，讓美人勞動理所當然要付出高額的代價才對呦～」

胡妲姬行事任性、好惡明顯，不有趣的工作就不接，報酬不高的工作也不接，執行任務時視獵人守則如無物，從來不把規矩放在眼裡。

最簡單的例子便是她這輛車。公會規定私人不得使用不穩定的移動式空間裝備，以免發生意外引發時空亂流。但胡妲姬不管公會規定，空間寬廣的豪華轎車坐起來多舒適，她才不會為了遵守公會的死規矩委屈自己。

「公會給的賞金有多少？。」黃志明好奇地問。

「基本上，除去一隻異靈的基本價碼是五十。越強大越麻煩的任務，價碼越高。」

「五十萬？」黃志明很驚訝。

「才五十萬超少的。」胡妲姬很不屑。

「五十萬很夠用了。」秦良玉很感恩。

一樣的價碼，兩種不同的結論，完全相駁的理念。

黃志明覺得自己應該說些什麼。

「也許可以因人計費，喜歡錢的人就多拿一點。」

「不行。不公平，同工不同酬，只會帶來制度崩壞的嚴重後果。」秦良玉反對。

「嘻，小弟弟的想法好傻好天真。但很可惜，這並不可行。所以還是多付點錢才是真的。」胡妲姬也反對。

「不成熟的想法。」秦良玉搖頭。

「小弟弟好天真❤」胡妲姬調戲。

兩位隊友不再爭吵，炮口同時轉向黃志明。

黃志明覺得自己的發言是在自掘墳墓，他只好阿Q式的安慰自己：「好吧，往好處想，至少她們兩人不再針鋒相對。」

哪知黃志明才閉嘴，兩個女人又吵了起來。

胡妲姬繼續嘲諷：「小女孩的花費就是小女孩的等級，不會花錢以為別人也不花錢。五十萬？買幾個魔法彈匣都不夠。可憐的薪水。」

「消滅初級的異靈只要用幾發子彈。需要消耗幾個彈匣才解決，是不合格的獵人。不合格的獵人本來就不該承接任務。」秦良玉反駁。

「小女孩，獵人的培養很花錢。好不容易成為獵人，當然要把訓練開銷賺回來，然後讓自己過好日子。」

「妳的好日子是指買一大堆奢華的珠寶、名牌服飾與昂貴化妝品，然後把自己打扮成女王蜂嗎？」

「所以妳是小女孩。追求美麗與性感是藝術，是心靈的提升❤小女孩不懂。」

胡妲姬與秦良玉兩人的生活態度完全不同，聊到金錢與榮譽更如水火，要讓胡妲姬與秦良玉取得共識，比建跨海大橋還難。

車內的座椅經過特別設計，是最符合人體工學的款式；座椅柔軟，座位寬廣，還有最棒的空調，外加天然素材製作的精油。可是兩位女士的爭吵，讓黃志明神經緊繃，他認為這兩人哪時候打起來都不奇怪。

坐在車內，黃志明完全無法放鬆，只覺得待在這個封閉的空間裡是種折磨。

「香車、美人，同時坐擁兩者是人生最大的享受。」

黃志明想起伯父黃半仙曾說過的話。

為什麼香車、美人是人生最大的享受？

伯父喜歡享受折磨嗎？

正所謂：天將降大任於斯人也，必先苦其心志，勞其筋骨，餓其體膚，空乏其身，行拂亂其所為，所以動心忍性，增益其所不能。

黃半仙的成功，是因為他享受折磨嗎？

黃志明回想伯父平日的德性，馬上否定這個可能性。

——一定是哪裡搞錯了。

幸好兩人「暫時」只有口頭之爭。

只要胡妲姬對任務還有幫助，秦良玉「應該」不會動她。

秦良玉不許任何人阻擋任務的進行，包括她自己。在進行任務期間，她會擱置自己的喜好忍受胡妲姬。

只是這種氣氛，真的能好好合作嗎？

「唉……」黃志明無力地嘆息，將目光移到車外，來個眼不見為淨。

「咦？前面有狀況……」

憲兵出現在通往五指山公墓的馬路上。他們擺上拒馬、拉起封鎖線，通往五指山公墓的道路全被憲兵封鎖。

「要我對車子施展隱身咒嗎？」黃志明問。

「不必。隱身咒對異靈無效。」秦良玉說。

「我沒打算騙過異靈，但眼前的關卡總不能用武力突破吧？」

武力突破不難，但黃志明想用最省力的方式通過。

如果能坐著，他就不會站著；如果能躺著，他就不會坐著。可以用仙術騙過憲兵，何必動武把自己累得半死。

「我去拜託指揮官讓我們過去～」胡妲姬眨眨眼，笑嘻嘻地說。

秦良玉用質疑的目光看著兩人說道：「不必，直接交涉就行。」

沒錯，直接交涉就行了。

獵人的身分就是最好的通行證。手持公會的特製手機可以進出百分之九十的政府管制區，就算是私人地盤也能進入，因為手機還帶有欺騙用的催眠魔法「萬能通行證」，在魔法的作用下，守衛會把它當成通行證。

不過使用萬能通行證後都要寫報告，很多獵人不喜歡這種麻煩的文書作業便捨棄公會提供的服務。像是胡妲姬從沒用過手機提供的「萬能通行證」，她只要運用個人魅力，每個守衛總是會為她大開方便之門。

不過，要進入五指山，根本不必使用「萬能通行證」。

秦良玉降下車窗，與帶隊的憲兵軍官說了幾句話後，士兵們立即搬開拒馬，哨長甚至下達「立正、敬禮！」的命令。

三人備受禮遇，接受有如將軍般的待遇，光明正大通過。

「法術干涉正是產生異靈的重要因子之一，能不用魔法就盡量別用。」秦良玉說明之餘，意有所指地朝胡妲姬瞄了一眼。

「我哪知道公會早與政府暗中簽下秘密協議。」黃志明說。

秦良玉並沒有責怪黃志明的意思，她善意提醒：「手機內的獵人守則與公會規章，建議你詳加閱讀。」

「手機裡有這些資料？大伯那個老胡塗竟然什麼都沒跟我說！」黃志明再次覺得黃半仙做事不可靠。

「死守規定只會綁手綁腳，那些規定不看也罷。」胡妲姬不屑地說：「黃半仙高智，沒把這些死教條傳予你。」

——是這樣嗎？

黃志明不知道伯父黃半仙是不是不屑這些規定，但他能確定當天伯父急著趕他下山，連行李都沒打包，害他差點連坐車的錢都拿不出來。

不過，現在最大的麻煩是胡妲姬與秦良玉又要鬥上了。

提起規矩，不守規矩的胡妲姬又要跟模範生秦良玉槓上，展開世紀大辯論。

——不能出現什麼轉移她們的注意力嗎？

就在黃志明出現這樣的念頭時，仁慈的上帝彷彿聽見黃志明的祈禱，前方還真的出現麻煩。

這位上帝不但仁慈，而且喜歡捉弄人。

出現的東西是增加運動量的大麻煩。

「準備戰鬥！」秦良玉表情凝重地說。

「真傷腦筋，居然派出大量的帥哥來迎接我，人家會不好意思滴～」胡妲姬毫無緊張感地說。

又是異靈，大量的異靈！

這些異靈雖然全是新生的異靈，卻是不容易對付的異靈。

新生的異靈通常很容易對付——當然，這是對一流的獵人而言，因為新生的異靈不用大腦、只靠本能行動，破綻百出，只要找對方法就能輕鬆對付。

可是這裡是五指山國軍公墓，此地的異靈是由軍人的靈魂、精神轉變而成。它們全是軍魂，擁有天生的戰鬥本能！

穿著卡其色軍服的軍魂平舉中正式步槍，毫不留情地對「入侵者」發動攻擊！古老的中正式步槍居然打得神準，一槍就打向駕駛座，差點打穿防彈玻璃！

「好熱情的迎接~我們得禮尚往來。坐穩了！」

胡妲姬腳踏油門瞬間加速，毫不客氣就衝向軍魂。眼見就要撞上，她急拉手煞車，方向盤狂轉，轎車甩尾像個大巴掌朝軍魂撞下去！

精采的駕駛技術將一個班的軍魂全部撞倒。

「厲害。」黃志明不禁咋舌。

「小意思~哎呀，又來了。」

軍魂又圍了上來。

這次數量更多，不適合用撞的。

「想不到我們這麼受歡迎！」黃志明自嘲一聲後迅速打開車門飛撲而出，他撲出車外找到掩護之際，就有許多子彈從頭頂飛過。

而胡姐姬與秦良玉也都在第一時間逃出轎車。

「碰到這種情況，妳們都怎麼做？」黃志明心中雖然有十種方案，不過他還是想知道有經驗的獵人會怎麼做。如果有更輕鬆簡單的解決方案，他非常樂意配合。

「碰上了，就反擊回去。」秦良玉不但淡定的回答，而且馬上付諸行動！

明明就是槍林彈雨，她竟從容不迫地走向成群結隊的軍魂。

有勇無謀？

並不是。

不單單是秦良玉迎向軍魂，連胡姐姬都做出相同的動作，而且她的動作並不比秦良玉慢上多少。

胡姐姬玉足輕移，走出掩護，有如仙女漫步般走向眾多軍魂。她不改顏色，依然不正經地開玩笑：「帥哥們熱情迎接，當然要有所表示才行❤」

「真麻煩……」

黃志明沒有躲在女子後面的習慣，所以他嘆了口氣，跟隨兩人也走了出去。

三人正面迎戰！

黃家仙術千變萬化、威力無窮。力量未遭封印時，黃志明一道防禦仙術便可以無視這些軍魂的攻擊。然而，他現在身受多重封印仙術，靈力調用不易，他必須使用最節省靈力的仙術。

以力之印施術「圓舞」、「幸善」兩種仙術後，黃志明隨即快步追上。大量的子彈從身邊飛過，他的身體有如子彈的絕緣體，自動排斥眾多的子彈。

幸善——神奇的仙術帶來好運，趨吉避凶。

圓舞——產生數層圓形的魔力流，將種種攻擊偏移轉向。

不必施展強大的仙術，適合、好用的即可。一般的攻擊在這兩種仙術的作用下從他身邊飛過，強力的攻擊就要稍加閃避。

另外，他還準備好「鎮壓」與「解魂」兩種仙術應戰。

異靈軍魂用的武器其實也是異靈，槍、子彈都是異靈，並非真正的實體。當然，如果給它們一把槍和幾個彈匣，它們可以改用真正的槍炮。不過異靈只要不滅就有無限量的子彈，而且是比起真槍實彈更危險的異靈槍彈，那東西不但擁有如同真槍實彈的威力，還外帶針對靈的殺傷力。

異靈槍彈比真槍實彈更危險的說法，是針對「一般人」而言；但對異靈獵人來說，真槍實彈的威脅遠勝異靈槍彈一百倍。

黃志明的幸善只能微量影響真槍實彈的射擊軌跡，也許槍手在射擊時正巧打噴嚏，也許在子彈行進間吹來強風，也許恰巧有張廣告紙飛過來撞到子彈……雖然有機會影響子彈的軌跡，機率卻不高。

但碰上異靈槍彈就不同了。

仙術在冥冥之中就會影響靈的運作。在幸善的作用下，異靈槍彈會自動朝對黃志明有利的方向偏移。

在仙術的庇護下，黃志明輕易闖入軍魂的陣地。

仙術鎮壓——軍魂遭封印，進入長久的睡眠。

仙術解魂——軍魂遭分解，恢復無法影響物質世界的原靈狀態。

鎮壓！解魂！鎮壓！解魂！鎮壓！解魂！鎮壓！解魂！兩種仙術交替使用，一個班的軍魂迅速解決。

黃志明對自己很滿意，雖然身受多重封印導致他無法發揮全部的力量，但是他覺得自己比過去更為精進，不論是對仙術的理解還是對仙術的控制，都遠勝從前。

不過，現在不是自滿的時候。他得快去支援兩位女士！

黃志明有心支援同伴，但當目光移到兩位女士身上時，他驚呆了。

她們用更有效率的方法解決異靈！

胡姐姬像是在花園散步賞花般的輕鬆，雖然軍魂沒被她的魅力所惑，可是大自然在袒護她。

胡姐姬好像最受歡迎的美豔公主。

童話故事中的白雪公主高歌一曲，森林中的動物們就跑出來陪伴她。胡姐姬魅力四射，威力更勝白雪公主，五指山的小鳥們飛過來擾亂軍魂的攻擊，山中的大老鼠跑過來偷咬軍魂，蝴蝶甲蟲冒出來干擾軍魂，甚至連地上的雜草、路邊的樹木都努力地幫她。

在眾多粉絲的掩護下，胡姐姬輕輕鬆鬆的來到軍魂身前，送上敬愛的親吻，所有的軍魂全在她的親吻下升天。

雖然是淨化異靈，可是胡妞姬沒有「聖女淨化惡魔」那種「神聖感」，她那輕佻地超渡軍魂的模樣，看起來就像是讓人墮落的魔女，或是專門引誘人進入地獄的女巫，美麗又危險。

另一邊，秦良玉與異靈之間的戰鬥就比較正常，但是黃志明瞧一眼就決定：盡可能離戰鬥中的秦良玉遠一點較好！

秦良玉就像獵人教科書，不論是攻擊或是防禦都符合獵人準則。

獵人準則：攻擊絕不留情，防禦絕不鬆懈。

獵人準則：盡可能的一擊打垮異靈，無法一擊殺之就讓它受到最大的傷害，削減它的力量。

她都做到了。

攻擊毫不留情；至於防禦，豈止不鬆懈，還把防禦變成攻擊的一環！

軍魂用刺槍術攻擊，她反手一劍，有去無回的氣勢，連槍帶人一刀兩斷！

攻擊就是防禦！

她用劍斬斷軍魂的攻擊，斬斷軍魂的武器之餘順便將軍魂一併斬殺！

面對異靈的射擊她從容不迫，任子彈從身邊飛過，避不開就揮劍。

躲子彈？

擋子彈？

她直接揮劍斬滅子彈！

子彈，斬斷，劍氣不止，槍斷軍魂傷。

她就像人形的絞肉機，大殺四方。

雖然異靈是沒血沒肉的靈性生物，不會有血肉橫飛的場景出現，但是殘肢落地、頭顱滾動卻也免不了。尚未滅亡的軍魂努力聚集著手腳肢體，殘肢斷臂、缺手缺腳少顆頭的殘軀在地上爬，一眼望去有如地獄般的景象。

依理智判斷，她做得沒錯。面對眾多軍魂的攻擊，不可能每一擊都殺掉化為異靈的軍魂，唯有斬斷軀體瓦解它們的戰鬥能量。

但這種擊殺方式在情感上無法讓人接受。作為有血有淚的人，不但心理上不能接受這種可怕的場景，就連生理上也排斥這種殘忍的慘案。

秦良玉堅定地斬殺，不容情，不留情。

鐵石心腸，斬無赦！

公會給她的封號，實至名歸。

「太強悍了！這就是頂尖獵人的實力！」黃志明驚訝之餘還產生「公會的女性都這麼可怕嗎？」的感嘆。

兩位女士展現出超一流的獵人實力後，黃志明就樂得讓兩位女士表現，畢竟他今天的運動量已經超過一個月的運動量。

不過，也不能光讓女生出力，黃志明用最小的力量發揮最大的效力，他忍住視覺上的不舒服，專挑被秦良玉砍碎的異靈，將它們壓鎮、解魂。

一時之間，軍魂被殺得七零八落，潰不成軍。

軍魂們被打倒、遭封印，雖然戰鬥中的軍魂大幅減少，但軍魂的總數量卻未減少。

這些軍魂英勇作戰，受傷的還有專門的醫護兵負責帶走。它們的攻擊變得更有效率，不但有醫護兵出現帶走傷兵，還有強大的機槍兵軍魂投入作戰，更有負責指揮帶領整個班作戰的班長出現。

軍魂由各自作戰漸漸形成協同作戰。從以班為單位，漸漸形成集團，變成以排為單位、以連為單位，甚至連支援火力迫擊炮都出現了。

初生的異靈不可怕，但異靈會學習進化。不同的異靈成長的方向不同，軍魂的進化成長全靠戰鬥。

軍魂越打越強，越打越難纏。

但是突然間，軍魂卻不再出現。

「撤退了？」黃志明問。

「並不是。」秦良玉搖頭。

「暴風雨前的寧靜呢❤」胡妲姬在這種時候還不忘展現個人魅力。

大地震動，大傢伙出來了！

軍魂進化，從步兵作戰變成機械化部隊，坦克車從虛無中成形。一輛、兩輛、三輛，戰車部隊逼近，地面震動！

「天吶！我還是頭一次看到這種異靈……」黃志明驚訝感嘆地說。

「傷腦筋，我最不擅長家電，這些鋼鐵疙瘩就交給你們了。」胡妲姬很不負責任說。

「那個已經不是家庭電器，那是戰車！」黃志明忍不住吐槽。

「差不多啦。我雖然開車，可是人家只負責開車，保養什麼的都交給專業人士。」

「那個也不是……好吧，戰車也是車。可是我也沒對付戰車的經驗，黃家的典籍中沒對付這種東西的記錄。我們是不是該向公會申請火力支援，弄幾架阿帕契反坦克直升機過來？」黃志明喜歡用不費力的方式解決麻煩。

「緩不濟急。」秦良玉說完提劍便上。

「等等，那是坦克車耶！」黃志明大叫。

「那是異靈。」

秦良玉的回答，讓她的背影變得更帥氣。

在秦良玉的字典中沒有退縮二字。

坦克又如何？

作亂的異靈斬無赦！

坦克，地面部隊的霸主。擁有厚實的裝甲，強大的火力，高度機動力，驚人的震撼力。

面對如此可怕的對手，秦良玉還是勇往直前，無畏無懼。

「固執的悍妞。可惡，拚了！」

黃志明雖然不想跑步，但他還是拖著疲憊的身軀追上去。但是秦良玉的動作太快，他追之不及，甚至連施展仙術加持都來不及。

坦克車有如鋼鐵巨獸來勢洶洶，秦良玉的態度卻沒有絲毫的改變。步槍兵也好，坦克也罷，在她眼中都只是「該斬的異靈」。

雙方接觸，只見秦良玉躍起，揮劍斬擊。

劍上的古老符文漫起靈光。只見劍光斬過，坦克車居然一分為二！

她的劍居然連坦克車都能斬斷！

「我的天吶……這也太強悍了吧……」黃志明眨眨眼，還是不敢相信她把坦克車一劍兩斷。

「這也沒什麼。」胡妲姬態度輕鬆地說：「終究是異靈。雖然化身為坦克，但本質還是異靈，當然敵不過專門對付異靈的專家。」

「話雖如此……但如果是真的坦克車呢？」

「這裡怎麼會有真的坦克車。」

「我是說『如果』。」

「換把劍，一樣斬開。」胡妲姬直接肯定的回答他。

「妳對她真有信心。」

「當然，我挑選合作伙伴的條件非常嚴格呢～」

黃志明理解地點頭。不過，他不明白為什麼胡妲姬認同秦良玉的實力，卻還要故意跟她吵架。

兩人邊走邊聊，追上秦良玉時，坦克部隊已經全部變成鐵棺材。

這時，秦良玉收起寶劍，神情凝重。

「我們必須直搗黃龍，擊垮軍魂的指揮部，否則會有更厲害的東西冒出來。」

胡妲姬在手機上點了幾下，毫無緊張感地說：「傷腦筋，申請衛星探測需要等衛星飛到咱們頭上，至少還要等十分鐘才能進行精密的探測。」

「等不得。」秦良玉說。

「……不能等嗎？確實不能等。現在是老式坦克，等會或許會出現裝甲運兵車、偵騎部隊，搞不好連航空特戰的武裝直升機都會冒出來。我認為指揮部就是這批軍魂的中心所在，也許可以用仙術探測。」黃志明面露憂色的說，他實在不想使用太多仙術，太累人了，每次使用仙術，身上的封印就會大幅壓榨他的體力。

「我就知道你是可靠的男孩～」胡妲姬無視黃志明慘白的臉孔，似是打氣又似是損人的說。

黃志明沒有學過占卜，只好使用探測異靈的仙術，尋找異靈集中的地方。

「往這方向！」

三人飛奔朝軍魂的指揮部移動。

一路上出現各式軍魂，從古老到現代，從大刀隊到機槍隊，連坦克、裝甲車、吉普車、機車到自走炮應有盡有。

這裡幾乎變成五指山軍事博物館了。

「指揮部就在前方！」

野戰指揮所同時是個防守嚴密的軍事陣地，軍車、軍事帳、迷彩網、沙包、衛兵、機槍陣地、炮陣地、碉堡……

防守強大，三人還是勇往直前。

現在不解決，防守會變得更強大！

突然間，變異突生——

三個巨大的異靈驟然浮現！

火力強大的主力戰艦、巨大的轟炸機、帶有許多炮孔的鋼鐵城堡，不論是戰艦、轟炸機還是城堡，都是國軍史上未曾出現的軍備。

異靈就是異靈，不能用常理來評論。轟炸機停留在空中就算了，畢竟是飛機。可是連戰艦都浮在空中……又不是宇宙戰艦！

「好盛大的歡迎，真有趣。有大魔王的風範呢～」

「這麼大的東西怎麼能飛？異靈就可以作弊嗎？」

「小弟弟～異靈本來就是開外掛的存在呦～」

「咦？」

胡妲姬老是不正經，話要先打對折，因為她的話有一半的機率是在找樂子。

所以黃志明將目光移向正經的秦良玉，她問：「異靈是什麼？」

「變異的靈體。」黃志明回答。

「既然是變異，擁有不正常的能力，很正常。」

因為不正常，所以才正常。

——好嘛，這都什麼跟什麼……

「這些靈，就是鬼，俗稱阿飄。都叫阿飄了，當然要飄在空中。」胡妲姬這時不忘加碼再酸一句。

「……知道了。那我們該怎麼辦？」黃志明反省，決定多問少說，省得丟人現眼。

「飛上去，斬了它們。」

不愧是斬無赦的秦良玉，提出的辦法既簡單又直接。

不考慮異靈有多大、多可怕，它們浮在空中就飛上去斬了它們！

黃志明想了半秒，問：「妳有空戰的經驗嗎？我可以用風行、幻翼、浮島，不知道妳們對哪一種飛行方式比較熟悉？」

「傷腦筋~我只玩過輕航機、直升機與幽行飛碟，沒有直接使用魔法飛行的經驗……不用工具就能飛，一定很有趣❤」

「凡事都有第一次……」秦良玉認真地考慮後說：「為我加持風行，讓她用浮島。」

「沒問題……」

正當黃志明要施展仙術時，地面再次震動，又一異靈現身。

這次的異靈由地面下浮升出來，好像從海水中浮起的潛水艇，差別只在浮現的是英姿煥發的騎士。

騎馬的元帥帥氣登場！

它穿著民國初年軍閥割劇時代的軍服，留有美鬚，佩戴軍刀，胸前的勛章數量占滿半個口袋。

這位老元帥帶來的靈壓竟然比超現代的戰艦、轟炸機、碉堡加起來還可怕！

「竟然還有這種可怕的老古董？不過時代感落差也太大了……我馬上施法封印，趁我牽制它時，妳們動手將它解決！」黃志明叫道。

「等等！」

秦良玉發聲阻止，遲了零點一秒，仙術．鎮壓瞬間完成。然而，仙術不但沒發生作用，甚至還反震回來！

黃志明吃了大虧，臉色發青：「好強！它是什麼怪物？」

「並非怪物。忠勇聖靈，此地的主人。」秦良玉說：「它並無敵意。」

這時，騎在馬上的忠勇聖靈高舉軍刀，大喝一聲！

瞬間天地無光，風雲變色！

靈氣驟然收縮，化為巨大的洪流將軍魂吸入忠勇聖靈體內，就連空中三具超巨大級的異靈也都扭曲變形、壓縮，漸漸捲向忠勇聖靈。

沒一會，所有的軍魂全被忠勇聖靈吸收，消失無蹤。

——好強，好暴力。

黃志明忐忑不安地看著忠勇聖靈。

原本的忠勇聖靈已經異常強大，吸收大量的軍魂後力量再次膨脹，不知達到何等境界。如果它發狂大肆破壞，不用一小時整座城市就會毀滅。

嚴肅、眉間帶有殺氣的忠勇聖靈綻放笑容。

「感謝三位的協助。」忠勇聖靈釋出善意，氣氛轉為輕鬆。

「我們只是在盡本分。」秦良玉回答。

「光我覺得有趣是沒辦法說服公會呦～所以老元帥該給個交代。」胡姐姬說。

「是本帥領導無方，讓部下遭受誘惑。」忠勇聖靈發出感嘆。

「請您詳加解釋。」秦良玉說。

「稍早有人過來，他以喚醒所有軍魂為條件換取本帥支持。本帥不同意，他居然擅自喚醒軍魂。新生的軍魂不但不受本帥管轄，而且意識還停留在死亡時期。本帥費盡心力才鎮壓收攏部分軍魂，不過卻還是讓大量軍魂四處遊蕩。幸好有你們出現，讓這些新生的軍魂統一意識，本帥才方便一次收編。這份情，本帥記下，日後有難，三位均可喚我出面一次。」

「這就不必……」秦良玉說。

「謝謝大帥好意，長老賜不敢拒❤」一旁的胡姐姬毫不避諱秦良玉不滿的眼神，繼續詢問：「請問那位喚醒軍魂的有心人士是誰？他用什麼方法喚醒軍魂？」

「這是他的樣子，使用的道具就在他手上。」

忠勇聖靈隨手一揮，幻影成形。

凶手出現。可惜對方戴著怪異的白面具，身上又有多重魔法保護，無法探知來歷。他並未使用《喚靈之書》，只用一張泛黃紙張，宣讀上頭的咒語喚醒軍魂。

瞧見這一幕，三人的臉色變得極度難看。

對方沒用《喚靈之書》，只撕下《喚靈之書》的某一頁，唸咒一次，便喚醒成千上萬的軍魂！

第五章

古代秘寶

《喚靈之書》的一頁就能喚醒無數軍魂，若讓整本書都發揮作用，又會如何呢？不敢想像！

三人帶著忠勇聖靈送的魔法錄影離開五指山。

坐在轎車後座，秦良玉與黃志明盯著螢幕，一次又一次地觀看錄影。

「嫌犯很小心，連唸咒時都使用變聲器。而且整個交涉、施法的過程，都沒使用自己的能力。」黃志明分析道。

「可以用仙術占卜嗎？」秦良玉問。

「不行。黃家仙術中並無預言術。」黃志明搖頭。

「志明小弟弟不必藏拙，你不是幫我們找到軍魂的指揮所了嘛～」胡妲姬呵呵笑道。

「不一樣。異靈的波動非常明顯，我只是用仙術探測強大異靈的所在地。如果是資深的異靈學會隱藏氣息的技術就很難探知了。況且從影像中，並不能取得他的氣息。」

「真可惜，我還以為可以請你預測樂透的號碼。嫌犯的錄影截取出來了嗎？」

「截取出來了。妳要做什麼？」秦良玉拿出記憶卡送交前座。

「當然是分別傳到公會與二十三。」胡妲姬說。

「怎麼可以傳到二十三！」秦良玉責備。

「我又沒違反保密協定。我才不會笨到說出那個施術者用的東西是什麼。就算二十三猜出什麼，對我們也有好處，他知道的越多才更方便提供我們情報。」

「哼！」秦良玉只是發出不滿的訊號，並未阻止。

黃志明突然發現這位號稱斬無赦的女孩，雖然中規中矩，卻不是死腦筋的人。她自己守規矩，卻不會逼迫別人也要守規矩；她有自己的作風，同時尊重別人的風格，即使不喜歡也不會強逼別人改變。如果胡妲姬的作為妨礙到任務進行，那就別怪秦良玉依她的作風來個斬無赦。

胡妲姬使用視訊電話：「溫蒂妮，我將嫌犯的錄影寄過去了。叫公會的專家把嫌犯找出來。」

「我瞧瞧……戴面具，聲音好怪。」溫蒂妮馬上埋怨。

「這種錄影很難分析。如果有臉部影像，不用一個小時就能找到嫌犯……算了，我先把案件傳過去。」

「如果簡單就不會請求公會支援。」胡妲姬故意挖苦溫蒂妮。

「面具上的符文是什麼意思呢？」黃志明注意到面具上的特殊圖案，沉思道：「似乎是古埃及的契形文字……我想起來了，這個字帶有靈魂的意思。」

「代表靈魂？會是『亡者再興會』、『奇魂』或『第五接觸』的成員？」秦良玉說。

「這些都是什麼組織？」黃志明好奇地問。

「亡者再興會是個故意把人弄死然後施法復活，以活死人的形態永存於世界的邪惡組織，主要在地中海一帶活動，被公會列為非法單位，是一級監控單位。奇魂是由超能者組成的組織，據說人類有四魂，荒魂、奇魂、和魂、幸魂，奇魂是四魂當中奇魂之力的超能組織；在日本除了陰陽寮，就屬奇魂勢力最為龐大。第五接觸則是探索靈界的地下研究單位，據說他們已經開發出神遊靈界的技術，近年來為了籌措經費漸漸轉變為非法組織。」溫蒂妮向黃志明解釋。

「我覺得『美麗天堂』、『永生之門』、『無限愛慾』也有可能用那個符文。」胡妲姬說。

這次沒等黃志明詢問，溫蒂妮就主動解說：「美麗天堂是新興宗教，指引人暫時離魂上天堂旅遊，公會懷疑他們可能與不知名的強大異靈合作，目前正嚴密觀察中。永生之門是個危險的非法組織，他們誘騙無知富豪，以永生為幌子，不但詐騙他們的財產還抽取靈魂，公會已經將該組織列入必須消滅的名單，只是賞金似乎還不能誘導強大的獵人接單。」

「至於無限愛慾則是性服務公司，他們提供直達靈魂的性愛服務，可以讓人連續高潮，他們宣稱只要付錢就可以無負擔地享受性愛的歡愉。公會懷疑他們除了性服務外，還有其他不為人知的勾當或目的，目前還在積極調查中。」

「天底下居然有這麼多奇怪的組織！」黃志明不禁感嘆。

「這還只是一小部分呢～有空讓姐姐為你補習，充實獵人與如何當男人的知識～」

「有空吧……」黃志明懶洋洋的拒絕。

「妳少在那殘害清純少男，小心已經退休的黃半仙跑來找妳算帳！」溫蒂妮警告。

「那更好，歡迎他來找我❤」胡妲姬特別拋媚眼，一副很期待的樣子。

「公會的分析結果何時能給我們？」正經八百的秦良玉嚴肅的將話題移回正事。

「情報分析部門有回應了……」溫蒂妮很遺憾的說：「由於沒有拍到臉，沒有拍到他的能力，甚至連聲音都經過變音，只能從體態動作來分析，至少要七十二小時才能有結果，而且還不一定能將範圍縮小到個位數。」

七十二小時，菜都涼了。不到三十六小時，防護措施就會失效，竊賊就能離開本市天地任他遨遊，屆時追捕的難度將提升不只千萬倍。

況且在公會勢力範圍內，他們都能利用《喚靈之書》喚醒大量軍魂差點釀成大禍；《喚靈之書》滿世界亂跑，將各地的強大異靈全喚醒還得了！

七十二小時根本緩不濟急。

「接下來該怎麼辦？」結束視訊電話後，黃志明詢問兩位資深獵人的意見，「先到士林夜市埋伏？」

「人家最討厭無聊的埋伏了。」

「不如去找『老占卜師』，也許能給我們一些建議。」秦良玉說。

「等等，二十三的盧胖子有消息！」胡妲姬使用免持聽筒，問：「有新的情報了？」

「當然！二十三是最專業的情報商。」

「別太得意了，要是濫竽充數小心我拿你來熬油。」

「本來沒什麼有用的消息，不過胡大姐方才送來的錄影讓我的優秀團隊發現一些新的東西。感謝胡姐的情報，這份人情二十三記下了。」

「嘻，知道人家的好，下回再去買情報就別推三阻四的。」

「是、是，胡姐胸有大量，不記小人過。我馬上寄第九重加密的信件過去，將詳細情報送到您的保密信箱。」

半晌，胡姐姬收完信件，收到三個情報。

一、公會有內賊，有人意圖分裂。

二、有人要潛入故宮秘寶室，偷取古代秘寶「召妖幡」的仿製品。

三、**某人**將在足球場舉行大型的魔法儀式。召妖幡·仿有可能準備用於該儀式。

盧同特別在第三點的「某人」後方加上契形文字的符號。

「果真是珍貴的情報。竊賊竟然想到故宮取走召妖幡·仿，然後利用該秘寶控制喚醒的異靈。可是為何要在足球場進行喚靈儀式？」黃志明說。

「這些情報可靠嗎？」秦良玉質問。

「可靠，不過盧胖子也許基於某些利益關係，故意挑選這三條情報。不論如何，公會有內賊是不爭的事實。」

「我們直接去足球場阻止儀式。」黃志明選擇最簡單的辦法。

「不！該去故宮。」秦良玉說。

「有必要嗎？我聽說故宮擁有最強大的保全措施，還有許多強者守護。竊賊打故宮的主意只會自討苦吃。」黃志明說。

「你認為故宮秘寶室的防護措施會比公會的禁忌寶庫還嚴密嗎？即使這次的竊賊不是偷走《喚靈之書》的竊賊，我也不能坐視召妖幡．仿這種危險的強大法器流入歹徒手中。」秦良玉認真說道。

能坐著就不站著、能躺著就不坐著是黃志明的座右銘。闖故宮，聽起來就是很累人的工作，他當然是能閃就閃。

兩人意見相駁，就等胡姐姬的意見。

「太好了～人家早就想去故宮的秘寶室參觀～」

黃志明暗嘆一口氣，他忘了胡姐姬最喜歡刺激有趣的事情。

少數服從多數，做出決定後三人火速趕往故宮。

◆◎◆※◆◎◆※◆◎◆

來到故宮，三人的行動遭受阻撓，故宮秘寶室不讓他們進入。

「公會很大，不過我們不是公會的下屬組織。想要進去參觀？可以，拿總統府的批文過來，我就帶你們參觀。」守護故宮秘寶室的古衛態度冰冷地拒絕。

「我們並不是要參觀，而是有可靠的消息指出，某組織計畫潛入秘寶室奪取召妖幡的仿製品。我們是來協助你們的。」黃志明再一次解釋，依然得不到任何善意的回應。

故宮的古衛甚至充滿敵意的說：「公會未免管太寬了。秘寶室的安全由我們古衛隊負責。你們是不是又想奪取國家的珍貴秘寶？」

「哈！怎麼會？大家都是為國為民，理當攜手合作，共同創造美好的未來。」

「誰跟你們一樣了！」

古衛憤恨又不屑，彷彿黃志明的話是嚴重的侮辱。

黃志明還想解釋，對方卻動手趕人。他碰了一鼻子灰返回同伴身邊又被胡姐姬取笑。

「傻孩子，還好你跑得快，不然就要吃免費的牢飯了。」

「他們的敵意是怎麼回事？」

「這是沒辦法的事。公會行事有時較霸道。況且公會注重的是整個世界的利益，有時會與個別國家利益有所衝突。」秦良玉解釋。

「可是這也沒必要仇視公會的獵人吧。」黃志明依然不明白。

「唉，雖然不喜歡麻煩溫蒂妮，不過還是知會她一聲比較好。」胡妲姬拿起公會的手機，接通後簡明扼要地將事態告知。

「妳能確定有一批竊賊要進故宮秘寶室偷取召妖幡的仿製品？」

「我對自己的情報收集與分析能力很有信心。我只想問妳該不該阻止這件事發生。」

「可惡！妳一定是故意找我麻煩。以我的權限，哪有資格決定這種事！」溫蒂妮又生氣了，「我馬上請示支會長！」

「人家不給進，我們能怎麼辦？」黃志明趁這空檔詢問。

兩個女人都沒回答，只是用古怪的表情回應他。

沒一會，溫蒂妮回話：「支會長已經同意你們的行動。不過這是秘密任務，如果有發生任何意外，公會不會給予任何協助，而且官方文件會否定這項任務的存在。」

「明白，我又不是生手。不過報酬呢？別跟我說算在《喚靈之書》的任務裡頭。」

「明白什麼？又有什麼秘密任務？」聽了胡姮姬的話，黃志明有種不好的預感。

「我馬上開新的懸賞任務分配給你們，如果能完成，另加秘密任務的特殊報酬。老樣子，算兩件任務給獎勵與任務分數。」

「行了。不過我們還需一點點小小的協助，才不會碰撞出驚天動地的大火花。當然，我一點都不介意來硬的呦～」胡姮姬開心道。

「放、心！支援馬上到。杜會拿他們的秘寶過去。」

結束通話，黃志明一臉不安地等待兩位同伴的解釋。

別看胡姮姬老是玩世不恭的樣子，她不想說，任何人也辦法逼她開口。秦良玉雖然也不想說，但是她不能讓自己的情緒妨礙任務進行，只好開口解釋：「我們必須潛入秘寶室拿走召妖幡．仿。」

「什麼！」黃志明大吃一驚。他們是獵人，不是竊賊，怎麼能做這種事！

可是秦良玉的表情很認真，但當小偷畢竟不是光彩的事，所以她才不想說明。她並不想當盜賊，可是為了任務需要，即便不願意還是要當。

「你以為近年來公會收入忌禁寶庫的東西是怎麼來的？」胡姮姬用嘲諷的語氣說道。

「妳是說……」

「沒錯，就是你想的那樣。我們要做的事不是第一次，也不會是最後一次。」

「原來如此！」黃志明恍然大悟，「難怪他們會視公會如寇仇……」

公會將危險物品集中看管，立意雖好，實際執行時則變成掠奪。

站在個人立場：我家的傳家之寶憑什麼要送交公會？

站在國家的立場：公會憑什麼要我們把戰略武器交出去？

避免濫用？避免危害世界？

沒有任何一個國家認為自己會濫用手中的秘寶。

公會這種做法真的對嗎？況且公會的禁忌寶庫還遭竊，永遠封存的政策出現漏洞，再也不能保證公會收管的秘寶不會被濫用。

「別想這麼多，獵人只要完成委託就行了。要嘛別接下委託，接下委託就要完成。」胡妲姬勸誡一句後又玩世不恭地問：「召妖幡是有什麼特殊功能？公會竟然肯用超級優厚的條件請我們將它取回，真是大賺了～」

「明明就不是取回。」黃志明小聲嘟囔：「為什麼做這麼麻煩的事……」

「取回比較好聽嘛。我總要努力說服自己是站在正義的一方。」胡姐姬自我嘲諷。

「奇怪……既然擁有《喚靈之書》，為何需要召妖幡？」秦良玉提出她的疑惑。

黃志明想起黃家典籍中的記載，說：「召妖幡並不是用來召喚。雖然在《封神榜》中女媧用召妖幡喚來眾妖，事實上那只是小說。依據黃家典籍記載，召妖幡的真正用途是控制。只要將異靈的真名寫入召妖幡，就能控制異靈。故宮秘寶室這件仿製品只能控制一隻異靈，而且只能控制意識不明的異靈，比方受到重創，或是才甦醒的異靈。」

公會原本不怕《喚靈之書》落入外人手中，畢竟瞭解異靈的人都知道異靈只會依循本能行動，根本無法控制。喚醒強大的異靈，雖然給公會帶來麻煩，但也只是損人不利己。運氣不好的話，喚醒異靈後還會變成異靈的第一個犧牲品。

擁有召妖幡就不同了。用《喚靈之書》喚醒異靈，再用召妖幡控制它，如此一來就能取得核子彈等級的戰略異靈。

「難怪公會急著要回收召妖幡。忘了敲更多好處，太可惜了～」胡姐姬說出超沒緊張感的感言。

沒過多久，守門人杜迅速趕到，他為三人帶來秘寶「虛幻門戶」。

「說實話，我很不希望使用這個秘寶，畢竟故宮秘寶室是與禁忌寶庫類似的場所。」

「這東西怎麼用？」黃志明問。

「虛幻門戶可以打開次元的連接點，可以接通相隔萬里的兩地。理論上，只要使用虛幻門戶，世上就沒有去不了的地方。」杜頗為自豪的說。

「那麼《喚靈之書》會不會是用相同的手法取走？」秦良玉問。

「不可能。」杜直接否定，「能去世界上的任何地方只是理論，因為這必須擁有明確座標才能辦到；而且它雖名為虛幻門戶，實際上是一種傳送，萬一座標有誤，你可會被傳送到牆壁裡頭。運氣稍差，還會與蚊子、蒼蠅融合……放心，不會變成變蠅人。哈！」

「蚊子、蒼蠅跑進體內……一點也不好笑！」胡妲姬露出噁心的表情。

「我還有個小問題，進入秘寶室要怎麼找到召妖幡？」黃志明提問。

「我這邊有溫蒂妮女士託我帶來的地圖。」

杜拿出一分文件，上頭是故宮秘寶室部分的平面圖，不過許多資訊都已經塗掉，只留下召妖幡的位置以及沿途的防護設施。

公會只請他們進入秘寶室取走召妖幡，如果他們順手拿走別的東西，公會不好向國家交代。公會的勢力再龐大，也不能無視國家機器。公會雖不畏國家勢力，但是為了方便，必須盡可能的與國家打好關係。

拿走一件召妖幡，可以從別的地方補償，平息國家的怒火。

然而，搜刮整個寶庫則是向國家宣戰。

「請你們迅速記下文件內容，然後請在我眼前將它焚毀。這是溫蒂妮女士的指示。」

「為何不直接傳送到存放召妖幡的房間？」看完平面圖後黃志明覺得杜太不體貼了，門與目的地還有好幾百公尺，為什麼要增加他的運動量！

「這是技術問題。虛幻門戶使用時會產生短暫的異象，而且準備時間長達四十五秒，因此要找安全的地方。」杜解釋道。

「拿到東西後我們要怎麼離開？」秦良玉再問。

「虛幻門戶的另一個功能，可以將帶有定位標的人傳送歸返。不過，這個過程也需要四十五秒。」

「其實我一點也不介意殺出重圍。充滿刺激的工作才有趣呢～」胡妲姬興致勃勃道。

「不行。溫蒂妮女士特別要我轉告你們，禁止殺死古衛。」杜特別慎重的警告。

◆◎◆※◆◎◆※◆◎◆

三人站上圓盤狀的虛幻門戶，經過充能、定位，然後正式傳送。

但突然間晴天生雷！

轟然雷動，劈開次元的障壁完成傳送。三人亦如遭受雷擊，身體像是被雷打到一般，受到極大的傷害。眨眼的瞬間，三人就被傳入秘寶室的茶水間。在這可怕的衝擊下，他們全部倒下，完全失去行動能力。

好一會秦良玉才艱苦地爬起來，持劍警戒守護兩位同伴。

「該死的傳送！一點也不有趣……我還以為會死掉……」胡妲姬癱在地上痛苦地埋怨：「拿到召妖幡後我們別再用虛幻門戶，還是殺出去算了！」

秦良玉表情也很難看的說：「妳想引發公會與國家的全面戰爭嗎？」

「我既不是苦修士也不是瘋子，才沒有自討苦吃的習慣。」胡妲姬哼了聲。

「嗚……也許……有兩全其美的辦法。」黃志明趴在地上病懨懨的說：「我可以施展針對這種傳送的防護仙術。下次傳送時可能不會這麼痛苦。」

「有這種仙術為什麼不早用！」胡姐姬埋怨。

「我又不是先知，哪能知道虛幻門戶的傳送有這種嚴重的缺點……呼……」說著，黃志明已翻過身來，平躺在地上就直接為胡姐姬與秦良玉施展治療的仙術。

仙術落下，秦良玉感到透體清涼，不適的感覺不但消失了，連之前與軍魂戰鬥遺留的疲憊也跟著消失。

秦良玉頗為驚訝地看著黃志明，「你在這種狀態下居然能夠施法。」

「沒什麼，小事。習慣了。」黃志明蒼白的臉孔上只有超載的疲憊，沒有痛苦。

秦良玉再次認真地打量黃志明。

黃志明並不知道自己的表現已經獲得秦良玉的認同。在秦良玉眼中，他原本是打著黃半仙繼承人名號的二世祖，現在他終於被當成擁有真材實料的獵人。

虛幻門戶給肉體帶來極大的痛苦，即使是秦良玉都是勉強自己才站起來護衛同伴。其實，她每次呼吸之間都像被巨錘敲打般痛苦。

在這種情況下，只有心志最堅定、接受過最嚴格訓練的人，才有辦法集中精神施展法術。放眼整個公會，心志如此堅毅之人用一隻手就能數盡。

故宮秘寶室收藏許多珍貴的古物，以及古老的強大秘寶。不論是古老的文物還是古老的秘寶，都是價值連城的寶物。在這裡的每間收藏室都有恆溫恆濕的功能，為收藏品提供最佳的保存環境。除了有各種魔法與高科技產品守護寶物，還有實力強大的古衛二十四小時不停巡邏。

古衛是由國家培訓出來的最強大的特種部隊，他們使用的裝備多半是古老秘寶的仿製品。許多古老秘寶經由現代的高科技或是未來科技重現，變成超現實的科技產品。

他們手上的標準配備「火尖槍」，其造形雖然有如藝術品的古老長槍，事實上是高科技產品——槍頭可以發射致命的射線，而且還有安全裝置，當火尖槍瞄向收藏品時就會自動關保險。另一項標準配備「白環玉珮」，看起來像是玉製的裝飾品，其實是運用未來科技的珍貴產品，擁有強力的防護力量，可以抵銷各種攻擊。

另外，古衛本身都接受過最嚴厲的訓練，不論是體術還是法術都有很高的造詣，而且他們不習理論，只鑽研如何運用體術、法術來殺人。

古衛平常是故宮秘寶室的護衛，必要時還是國家對付異靈的秘密武器。可是公會卻指示「可以傷人，不能殺人」。

開玩笑！這種層次的戰鬥，只傷不殺比直接殺掉難上百倍！

況且古衛的態度是：入侵者，不問理由，見即殺！

為了避免衝突，出發前黃志明運用所學為自己與同伴施展仙術，並聲明：「我先為大家加持隱身咒，防止偵測。不過隱身咒只是針對視覺的欺騙，務必小心別發出聲音。」

「我們會小心的。防止偵測有辦法避開監視器嗎？」秦良玉問。

「沒問題。不過，如果是未來科技的偵測系統我就不敢保證了，所以一旦發現任何偵測裝置，能避開還是盡量避開。」

「明白。」秦良玉點頭。

胡妲姬不信邪，取出手機開啟錄影功能，鏡頭對準秦良玉，結果她的形體竟然沒出現在畫面上！

「真有趣，好像吸血鬼照鏡子！黃家仙術真有一套！吶，黃小弟，人家對你另眼相看了呦❤」胡妲姬送了一個秋波過去。

第六章

衆靈之友

故宮秘寶室藏在山腹當中，不懼颱風、水災，可防九級地震，就算遭受導彈攻擊亦穩如泰山、安然無恙。

原本進出秘寶室必須經過重重安檢，不但要核實身分、檢查隨身物品，只要人待在秘寶室，便有兩名古衛寸步不離的隨行守護。

三人透過非正規手段進入秘寶室，走出茶水間不到十步便遭遇巡邏的古衛。

在隱身咒的作用下，兩名古衛並沒有看到黃志明三人。三人小心翼翼地移向走道邊緣，禮讓古衛。看不到，並不代表古衛不能發現他們的存在，即使發出微弱的聲響都會被敏銳的古衛察覺，甚至連呼吸引發的氣流都有可能引起古衛的注意。

隱身咒並非萬能。咒術大師甚至可以察覺自己的五感遭法術蒙蔽，高明的獵人聽覺敏銳，不會單純靠雙眼進行判斷。

三人不敢妄動，連呼吸都暫時停止。如果可能，甚至連心跳都想暫停。兩名古衛談笑風生從三人面前經過，話題不曾中斷，腳步不曾改變。

古衛遠去，危機總算解除。三人立即繼續向前移動，小心謹慎緩慢前進。

公會提供的平面圖中，每段走道都有至少十個陷阱，任何一個陷阱都是致命、不留活口的危險陷阱。而且這些陷阱經常變更，每月每日都在精進，更換成更危險、更難察覺的陷阱。

昨日的情報到了今日可能變成歷史。很不幸地，他們在第一道門就碰上這種狀況。秘寶室的走道每隔一段路就有一道門，每道門都有安全裝置，每道門都有不同的開啟方式，連守護秘寶室的古衛都只知道部分的開門方式。

想要從入口走到第一間秘寶收藏室，至少要由三位古衛帶路開門，而從茶水間到召妖幡的收藏室只要經過兩道門。公會間諜有回報第一道門的開門方式，但他回報的是十二位數字的電子密碼鎖，其中六位是每月更換的密碼，另外八位正好是年、月、日，並且依照輸入密碼的時間點，每小時變更輸入密碼的排列方式。

這是很不好記的密碼，可是眼前這道門根本沒有密碼鎖，門上只有五顆五色的寶珠。沒有按鍵，沒有說明文字，沒有鑰匙孔。

「可愛的珠子，不過該怎麼開門呢？需不需要我找個落單的古衛問問？」胡妲姬問。

「不需要。」秦良玉很肯定地回答。

「不然怎麼開門？況且我不去找他們問話，巡邏的古衛還是會出現。」

「我想我能開門。」緊盯大門的黃志明開口：「這五顆珠子乃是五行珠，一般來說，金、木、水、火、土分別對應白、綠、黑、紅、黃，不過這裡故意將五行珠的顏色調換，對五行之力不夠敏銳的人就會誤判。很聰明的陷阱，就算知道該怎麼做，不會調用五行之力的人還是沒辦法開門。」

「那我們該怎麼開門？」秦良玉問。

「很簡單，只要輸入對應的五行之力。」

「那還不快點開門！」胡姐姬催促道。

黃志明看著五顆珠子苦惱地說：「問題是該用五行相合、五行相生，還是五行相剋的方式？我不認為這裡的門鎖可以讓我嘗試錯誤。」

「別想太多，三分之一的機率已經很大了。我認為你再怎麼看也沒用，依照古衛的習慣絕對是三種方式輪替，所以你再怎麼看也沒用。隨便選一個，大不了直接殺進去。」胡姐姬語氣輕佻地說。

「好吧。我喜歡五行相生，生生不息的意境，就用五行相生的模式放上五行之珠。」

黃志明依據五行相生的道理，金生水，在木行珠的位置注入火行之力，然後又為火行珠注入土行之力……依續完成後，門依然擋在眼前。

「輸入錯誤？」秦良玉疑惑的問。

「不該啊……如果錯了應該會驚動古衛。它只是純粹沒有反應。」黃志明疑惑了。

「不如安心等待。三十秒後如果門還是沒打開，我們再做打算。」胡妲姬輕鬆地說。

等待不到二十秒出現變化，門自動打開。

「妳怎麼知道等一會門就會打開！」黃志明很驚訝地問。

「很簡單的心理陷阱。就算你用正確的方式開門，卻因為門沒有馬上開啟而進行別的動作，原本對的就變成錯的。」胡妲姬打了個響指。

通過頭一道門，三人繼續向前邁進。

第二道門是傳統保險箱的轉盤密碼鎖。

胡妲姬拿出聽診器，笑道：「開始破解密碼鎖。」

她的動作熟練，像是演練過上萬次的專家，六組號碼花費不到一分鐘就全部破解。解出一組號碼花費的時間還不到十秒，就算知道正確的密碼都不見得能解得這麼快。

「妳的職業到底是什麼？」黃志明好奇地問。

「當然是獵人❤」胡妲姬笑咪咪回答。

三人避開種種陷阱後，終於來到召妖幡的收藏室，卻面臨新的問題——收藏室進不去！收藏室的門鎖是使用特別的鑰匙來開門，而鑰匙是環狀刻紋的玉珮。想要開門，不但需要形狀吻合、重量相等的玉珮，還要靈性相符。

這種鑰匙很難複製，而且沒辦法像一般的門鎖用靈巧的雙手和工具就能破解。

「怎麼辦？這種鎖我沒辦法開。黃小弟有開鎖的仙術嗎？」胡妲姬問。

「我想想，雖然沒有開鎖的仙術，不過也許有別的辦法……」

「小弟弟派不上用場，真令人失望。」胡妲姬一攤手。

「誰說我沒用！」

抗議之後黃志明開始思索，要從黃家仙術一〇八〇道應用仙術當中找出解決的辦法。

他馬上就想出好幾種辦法——

仙術拆解，可以將接合的物體分開。用在這裡可以直接將門拆下來，不過施法的動靜很大，不可能瞞得過守護秘寶室的古衛。

仙術液化，可以暫時改變物質的物理性質，把融點降到常溫。可惜施術時間長，他們沒這麼多時間。

「開門不難，難在無聲無息，不驚動古衛。」黃志明嘆氣。

「我們拿到東西馬上離開？」秦良玉開口詢問。

「妳也可以留下來接受古衛的招待，只要妳喜歡的話。」胡妲姬說。

「胡姐，妳有辦法？」黃志明問。

「我來開門。」開口的是秦良玉。

「妳打算怎麼做？」黃志明想到秦良玉一慣的作風，不禁喃喃說道：「不是吧……」

就如黃志明所想，秦良玉寶劍出鞘。

她真的要用這種方法開門！

雖然曾經目睹她斬開戰車，但是異靈所化的戰車與真正的坦克有很大的不同。異靈戰車只是有戰車外觀的異靈，本質還是異靈。而這道門並非異靈所化，是實實在在厚達十公分的強化鋼材，而且還是通過火箭炮攻擊測試的特殊訂製品。

秦良玉舉劍就要斬。只要阻擋任務進行，不論是人是物，全都舉劍斬斷！

劍起劍落，數道劍光快如閃電。秘寶室特製的門依然在那，但是旁邊的牆壁卻開了個洞！秦良玉沒斬特殊合金打造的鋼門，她只將鋼筋水泥的牆壁斬開。

「大家快點進去，牆壁裡如果有線路也會被我斬斷。動作快，我們必須在古衛來到前離開。」秦良玉催促道。

「……好。」

通過牆壁破洞時，黃志明特別多瞧兩眼。厚達二十公分的鋼筋水泥牆居然像切豆腐似的被斬開，切口平順、斷面光滑，連埋在牆壁裡的鋼筋都像竹筷般被斬斷。

黃志明倒吸了口氣，暗道：好強，好暴力……為了古衛的生命安全，必須儘快離開，避免衝突！

召妖幡．仿放在恆溫恆濕的玻璃櫃中。收藏室中除了一面召妖幡．仿外，還有另外四件珍寶。

「該怎麼拿出來？」黃志明看著兩位同伴，「我猜我們已經驚動古衛了，不過……」

胡妲姬朝他笑了笑，拿出小鐵錘毫不客氣地敲碎玻璃！

事到如今不必講究君子風範了，反正連牆都斬破，再敲壞玻璃也沒什麼大不了。玻璃破碎的同時警報聲大作，四面鐵柵欄同時放下，將三人關在裡頭。

「防護設施做得真好……」胡妲姬收起召妖幡．仿，滿不在乎地說：「不過我們真正的麻煩卻是跟在我們後面的毛賊——別再躲躲藏藏的，人家最討厭尾隨的變態！」

「公會的頂尖獵人不全是廢物嘛。」

兩位頭戴面具的強者現身。他們的面具畫有古埃及契形文字，與喚醒軍魂的那人一模一樣。這兩人跟在他們後面，意圖奪取召妖幡．仿。

兩人原本想等古衛與黃志明三人大戰之後再收漁翁之利，沒想到卻被發現了。

「妳是怎麼發現我們的？」穿著類似日本浪人服飾的男人開口詢問。

「氣味。你們的氣味在這個房間內太明顯了。」胡妲姬鄙視道。

「想不到妳還是屬狗的，美女犬真適合妳，哈！」另一位穿著西裝的男子用色迷迷的眼神打量胡妲姬。

「令人作嘔的傢伙。到底是哪個混蛋集團的成員啊，素質真差！真以為拿到《喚靈之書》就能興風作浪？」胡妲姬不屑地說。

「你們很快就會知道眾靈之友的實力。」西裝男很自負的說。

「眾靈之友？沒聽過。妳們知道這個組織嗎？」黃志明問同伴們。

「沒聽過。」秦良玉搖頭。

「又是某個不自量力的傢伙招集些傻蛋就想征服世界。」胡妲姬嘲笑。

「眾靈之友才不是企圖征服世界的組織。再過不久我們就會改變世界，讓異靈獲得應有的地位！」日本浪人說。

「異靈不該被埋在世界的黑暗面。人類應該尊重異靈，善用異靈，讓世界變得更美好！」西裝男說。

「真無聊。」胡妲姬誇張地打個大哈欠。

「再拖下去古衛就要來了。速戰速決吧！」秦良玉做出總結。

「我們被瞧不起了耶！」西裝男用誇張的語氣說。

「所以我才討厭公會，全是些眼高於頂、自以為是的自大狂。」

日本浪人說話的同時輕輕抖動腰間的竹管，一道光影瞬間由竹管中飛出！

接著靈光速度驚人地襲向三人，但有人動作更快！只見秦良玉向前跨步、拔劍，斬無赦！快如流星的光被斬落，小狐一分為二，墜落地面。

「可惡！竟然敢殺害流光！」

「居然是管狐！」黃志明叫道：「小心，他不只豢養一隻管狐！」

「哼！」西裝男摩擦食指上的戒指，大量的煙霧隨即從戒指中冒出。

煙霧在空中凝聚成形，變成一位身高足足接近三公尺的壯碩男子。這名男子頭圍絲巾，穿著短背心，半露古銅色的胸肌，下半身大腿的部位被煙霧取代，連接到戒指上。

「神燈精靈？不對，是戒指精靈，有趣的道具。說什麼要提升異靈的地位，結果還不是把異靈當成道具。」胡妲姬很不屑地說。

「不是道具，是伙伴！」西裝男駁斥。

「沒錯，你們竟然傷害可愛的流光，北風、迅兒、飛牙快出來為流光報仇！」日本浪人充滿恨意地打開竹管，喚出三隻管狐。

這三隻管狐與之前的流光不同，它們待在日本浪人身邊並未隱藏形體。

「去吧！將那個該死的女人撕成碎片！」

一聲令下，三隻管狐分別從三個不同的方向進行攻擊。最令人注目的是北風帶來北方天寒地凍的氣息，將空氣凍結，留下冰晶與雪花。

秦良玉才不管日本浪人派出了幾隻管狐攻擊，反正她的對應方式永遠只有一種——斬、無、赦！

她看準一馬當先的北風，揮劍即斬！

就在她揮劍之際，後方的管狐迅兒驟然加速超越北風，撞向秦良玉的手臂。受到干擾，劍鋒偏移，北風卻故意從劍身旁竄過，留下冰寒氣息。同一時間，飛牙張開獠牙猛然進攻，三隻管狐之中，飛牙才是殺傷力最可怕的主攻手。

秦良玉不慌不忙地再次揮劍，劍的軌跡以及持劍的手感都讓她感到怪異，然後劍命中卻從旁邊滑過。她失手了！失手的代價是三道血痕。

更吃驚的是，劍身竟遭冰凍！水氣凝結形成厚厚的冰霜，劍變成冰棍。

秦良玉頗為意外地看著自己的劍，原來是結了厚厚的冰霜，難怪無法斬殺飛牙。養管狐的日本浪人有兩把刷子，連這類異種管狐都培養得出來，難怪敢說大話。

不過，秦良玉看他的表情變得更加不屑。

眾靈之友，致力於提高異靈的地位。

包括提高人造異靈的地位？

每一隻管狐的誕生就代表十隻幼狐的死亡。即使是最高明的養狐人也沒辦法將培育管狐的機率提升到百分之百，十中存一已經是宗師級的高手。異種管狐難度更高，百中無一，甚至千中難存。

偽善。

他們的作為就好像要提高食用雞的地位一樣。研究用電宰還是斷頭的方式使雞死得乾淨些？先幫雞打麻醉，還是大吃一頓再送進電宰場？

笑話！這才不叫提高食用雞的地位。

北風的出現代表上千隻幼狐的死亡。

提倡生命可貴的劊子手？

笑話一則！

「你很幸運。公會需要你提供情報，所以我不會殺你。」秦良玉很平淡的說出這句話，態度自然就像氣象員在預報明天又是晴天的模樣。

「死鴨子嘴硬。小女孩有空說大話，不如先擔心自己生死。」

另一方面，胡妲姬獨戰跟阿拉丁神燈長得八分神似的戒指精靈。

戒指精靈就如《天方夜譚》中的神燈精靈般擁有莫大的法力，他不停地變出東西丟向胡妲姬。名貴的鋼琴、跑車從天花板落下，蟠龍花瓶、青花瓷飛砸過去，各種名貴的奢侈品像不要錢似的被戒指精靈變出來，砸出去！

在這裡戰鬥對胡妲姬極為不利。在野外，她可以動用個人魅力請來各種野生動物為她戰鬥；在野外，地上的花草樹木都是她的盟友，但這裡可是故宮秘寶室，被鋼筋水泥包圍的狹小空間，沒有盟友可以召喚。

「快點投降。乖乖的把召妖幡交出來，這樣我還能原諒妳，讓妳當我的第二十三號地下情婦。」

「無趣的男人，真搞不懂你是怎麼把到二十二名情人。」

「因為我帥！」西裝男恬不知恥的回答。

戒指精靈繼續朝胡妲姬丟東西，珍貴的青銅器、文化珍寶的古埃及古板、精美的瓷器、昂貴的名錶……各種文化珍寶、名貴奢侈品不停出現，然後被當成「暗器」射向胡妲姬。

胡姐姬左閃右躲，疲於奔命之餘還得聽西裝男無恥的談話。

「考慮的如何？當我的情婦就能擁有最好的享受，不論是GUCCI、COACH、DIOR、CHANEL、HERMES還是LV包，想要什麼就能有什麼。只要當我的情人，就能擁有世上最好的物質享受，妳一點都不吃虧。」

「啐！無聊當有趣。」胡姐姬露出不屑的表情。

什麼叫最好的物質享受？全是假的、仿冒品、騙人的玩藝兒！異靈變出來的東西全是虛幻不實的，雖然好似真實，看得到、摸得到，其實全是假的。

如果是真的，這間收藏室早就被戒指精靈變出來的東西塞滿。但是這些東西砸到地板，破碎後立即化為虛無。異靈變出來的東西只是騙人的魔術，當不得真。

「你太得意了。洗好脖子準備接受制裁！」胡姐姬冷冷地說了一句，她即將反擊。

兩位女士辛苦戰鬥之際，唯一的男士竟然沒參戰！

黃志明不是躲在女人後頭的奶油小生。他個人抱持可以坐著絕對不站著，可以躺著就不坐著的理念，但他絕對不是因為懶得戰鬥，才將戰鬥交予兩位女士。

黃志明靠在牆壁上用最省力的方式施展仙術，他身負重責大任！為了安全離開秘寶室，他使盡全力施展仙術——

仙術障壁，阻擋古衛。

仙術迷陣，拖延古衛。

仙術反曲，減少傳送帶來的傷害。

仙術元氣，加快傳送後的恢復速度。

仙術隱者，遮掩傳送過程能量波動的異象。

施展仙術之前已經啟動傳送功能，四十五秒後三人將歸返虛幻門戶。黃志明相信伙伴們說好的速戰速決，兩人不但會守護他施術，而且還會在四十五秒內擺平這兩名眾靈之友的成員。

三隻管狐擁有三種不同的能力，攻擊、防禦、輔助組成可怕的戰鬥組合，三隻管狐的組合不是一加一加一等於三，而是變強十倍、百倍！

但那又如何？

在秦良玉眼中，只要妨礙任務進行就只有一種處理方式——斬無赦！

北風、迅兒、飛牙再次結陣攻擊，秦良玉毫不畏懼迎向前去，劍指向攻擊力最為強大的飛牙。不理會北風與迅兒的干擾，她瞬間放出殺氣。

嚇！

可怕的殺氣！

三隻管狐懼怕這股殺氣，好像被蛇盯住的青蛙，動作隨之凝滯。

秦良玉捉住這個瞬間，劍斬出。迅兒加速進行掩護攻擊，卻無法阻止秦良玉的斬無赦；北風再施異能，將劍凝上冰霜變成大冰棍。

劍揮斬——秦良玉揮出超越音速的秘劍！

就在寶劍突破音障的瞬間，劍上的冰霜全部脫落。

無情斬殺。

目標一劍兩斷，飛牙成為劍下亡魂。

「小女子！竟敢如此！」日本浪人氣得哇哇大叫。

秦良玉不理會他，她再一次使出斬無赦！

劍光起，劍光落，迅兒遭斬。鐵三角再失其一，再也不能構成威脅，北風驚叫一聲，不及逃跑也跟著一分為二。

「你，罪該死！」

秦良玉短短的一句話，充滿殺氣，嚇得日本浪人後退跌坐。

劍再次落下，斬向頭顱，日本浪人癱倒，失去意識。

「真不經嚇。只用劍脊輕輕敲一下怎麼可能會死。」秦良玉不屑地瞧他一眼，接著用劍挑開面具。

輪廓深邃的臉孔充滿恐懼，碧綠色的眼珠上翻。他不是日本人。日本浪人不是日本人，只是穿得像日本浪人的白種人。

「這張臉有印象……對了，在三年前的公會聯合講習中看過他，似乎是東南亞支會的成員。怎麼會變成眾靈之友的成員？」

戒指精靈難纏，胡妲姬便針對操控它的西裝男下手。她從仕女包中拿出飛刀，玩了一手小李飛刀。

「黃金聖甲！」西裝男開口，黃金打造的全身盔甲馬上出現。

論精準度，胡妲姬已經有小李飛刀八成的水平，可惜戒指精靈馬上變出黃金甲為西裝男提供完全的防禦。

「嘖，真是無趣。黃金甲？庸俗到了極點。再吃我一槍！」

飛刀無功，胡妲姬再由仕女包中拿出一把 Mark XIX 50AE 沙漠之鷹，毫不客氣地瞄準西裝男就扣下扳機。

「擋他，柏林圍牆！」

戒指精靈馬上又變出柏林圍牆阻擋子彈。沙漠之鷹依然不能建功。

「啐，這麼喜歡作弊？那來點刺激的！」

美女的包包像是四次元口袋，藏有凡人無法想像的東西。胡妲姬不但從她的仕女包中拿出聽診器、飛刀、沙漠之鷹，現在又拿出 M67 手榴彈。

「萬里長城！」

胡妲姬還沒拔出插銷，戒指精靈就先變出一段萬里長城擋在前方，西裝男不無得意的說：「沒用的。別掙扎了，用那種東西只會波及妳的同伴。」

「我當然知道，所以只是拿出來嚇嚇你。」

胡姐姬的聲音從上方出現，西裝男一抬頭，露出訝異的表情。她居然由戒指精靈托著，浮在空中。

「怎麼回事？」西裝男下意識地握住食指上的戒指。煙霧依然連接戒指與精靈，但戒指精靈怎麼會她服務？

「可愛的精靈，幫我把戒指取來。」

「哈！別傻了，只有我才能命令它！還不快將她抓起來，五花大綁……」

戒指精靈無視西裝男的命令，粗魯地將戒指扯下，恭敬地送交胡姐姬。

「你瘋啦！」西裝男努力掙扎，大聲叫罵：「快放手！這怎麼可能……」

「就是這麼回事。」

胡姐姬跳下來，笑嘻嘻地走向西裝男，很淑女地撩起裙子朝西裝男下體猛力踢去。淑女踢，又名斷子絕孫淑女絕情踢！

西裝男遭受一記針對男人來說最可怕的攻擊。

西裝男痛得口吐白沫，當場昏厥。戒指易主的同時，加在西裝男身上的魔法緩緩消失，黃金甲不見、身上的名牌西裝消失、面具消失，最後西裝男全身上下只剩一條四角內褲。

再踢他一腳將臉孔翻正，看清楚他的臉孔後，胡姐姬意味深長地說：「這傢伙不是公會異靈武器化研究班的成員嗎？這下有趣了呀～」

戰鬥完了，怎麼處置這兩位卻是個麻煩。

「簡單，將人留給古衛。」胡姐姬說。

不用帶回公會審問？黃志明望向秦良玉，她點頭表示同意胡姐姬的意見。

「秘寶室的竊案需要人頭。反正他們本來就想偷召妖幡，正好拿他們頂罪。」胡姐姬露出淘氣的表情，「我們在前線拚死拚活也得讓溫蒂妮有事做。」

「可惡！哪來的毛賊！被我抓住非狠狠揍他一頓！」一連串的咒罵聲、腳步聲傳來，古衛迅速趕到。

可憐的人。黃志明同情地看了兩人一眼。

古衛終於趕到，不過他們陷入黃志明準備好的仙術之中。

三人從容地傳送回虛幻門戶，順利離開。

數秒過後，古衛進入。召妖幡．仿已經消失。秘寶室中徒留兩位昏迷的男子。

◆◎◆※◆◎◆※◆◎◆

這次有黃志明的仙術輔助，傳送的痛苦減輕許多。秦良玉不但站得直挺，而且還輕鬆地擺出戰鬥姿勢。

經由傳送，三人回到原本的地方。

杜看到秦良玉的模樣，關心的問：「你們經歷一場大戰，跟古衛起衝突了？」

「眾靈之友。」秦良玉簡單回答。

「眾靈之友？那是什麼東西？」杜繼續關心：「有招惹到麻煩嗎？」

胡姐姬身體不適不想說話，只將召妖幡．仿遞過去。

黃志明隨後解釋：「麻煩自然是有，兩名自稱眾靈之友的人想當黃雀，不過已經被我們解決了。」

「人呢？沒帶回來？你們竟然放過竊賊。」杜不滿地責備。

「反正不是偷走《喚靈之書》的凶嫌。不過能確定書是由『眾靈之友』這個組織策劃竊取。我們的任務是回收召妖幡的仿造品，以及追回《喚靈之書》，不必為其他的事節外生枝。」秦良玉語氣冷淡的說。

「好吧。我會用自己的方式追查眾靈之友。」

傳送讓胡妲姬心情不好，故意提起杜的痛處：「東西就麻煩你收好。現在的禁忌寶庫安全嗎？」

「哼！」杜冷哼一聲走向虛幻門戶，消失不見。

「跩什麼跩！」胡妲姬不滿地嘟起小嘴，「守不住禁忌寶庫的人又不是我們！把那兩位的照片寄給溫蒂妮，順便寄給支會長的幾位候選人，不能讓溫蒂妮坐領乾薪。」

——真可怕！惹胡妲姬生氣就有人要倒大楣了！

黃志明為溫蒂妮默哀三秒。杜的態度讓胡妲姬不滿，結果溫蒂妮遭池魚之殃。

第七章

秘密交易

兩個地點，士林夜市與足球場，該去哪個？

三人討論。兩位女士堅持不同的答案。

秦良玉認為該去夜市，胡妲姬認為該到足球場。

「夜市人多口雜，是藏身的好地方。眾靈之友可以在那裡進行見不得光的交易。」

「小女孩的想法太簡單。我認為眾靈之友那些混帳會製造動亂進行掩護。既然知道有人要在足球場進行喚醒異靈的儀式，就該去足球場。即便沒找到《喚靈之書》，也有好戲可瞧～」胡妲姬說。

「被強行喚醒的異靈，會仇視打擾安眠的混帳，不除不快，我不信有能力從公會手中偷出寶具的歹徒會做傻事。去夜市才正確。」秦良玉堅持己見。

「那個夜市沒什麼好去的，眾靈之友不可能將《喚靈之書》賣掉，所以在那裡的交易無關緊要。就算要浪費時間，也該浪費在美好的事物上～」胡妲姬仍不願選擇夜市。

「召妖幡．仿已經被我們回收。如果眾靈之友的智商沒問題，就不可能進行喚靈的儀式，沒準備好控制異靈的喚靈儀式無異於自殺。」秦良玉再次強調自己的觀點。

黃志明用心考慮，覺得兩個人的觀點都沒錯。

眾靈之友有可能在夜市進行交易，也有可能在足球場進行喚靈儀式，兩個地點都有機會逮到眾靈之友。

不過《喚靈之書》只有一本。兩個地點，必然會有一個煙幕彈，為他們真正的目標地點打掩護。

「你認為呢？」兩位女士異口同聲地問。

「這……」

兩女來勢洶洶，一副「不採用我的意見你就慘了」的態度。她們的眼神根本不是詢問，是逼迫！

「你認為呢！」

「這個嘛……」

合了姑意，必然違了嫂意。黃志明被夾在中間，兩面不是人。

「雖然時間緊迫，不過兩個地方都該注意。不如先去其中一個地方，若沒什麼發現，再去另一處。」

「那就先去士林夜市！」

「那就先去市足球場！」

兩人同時開口。

黃志明很無奈的說：「我認為先去夜市比較適當。」

「喔……人家以為黃小弟已經是朋友，真傷心。」

美女露出哀怨的眼神，代表「有人會很慘」。

黃志明帶著「風蕭蕭兮易水寒，壯士一去兮不復還」的心情，說明自己的主張：「我認為那個足球場有監視錄影機，我們可以請公會監視足球場。」

「可以。不過，監視的工作不必麻煩公會。我認為現在不適合跟溫蒂妮聯絡。」秦良玉說。

「我倒不這麼認為，掌握特殊任務進行的狀況是她的工作。人家覺得現在最適合跟她回報狀況。」胡妲姬語氣中充滿遷怒的出氣意味。

害溫蒂妮增加許多工作，然後還要打電話向她回報，告訴她「怎樣，就是我害妳的呦！」……夠毒的！

「還是算了吧。這點小事我們能解決的。」黃志明搖了搖頭。

「好吧。就賣黃小弟一個面子❤」

胡姐姬用笑容給了黃志明莫大的壓力，這一刻他覺得自己不該同情溫蒂妮。

頂尖的獵人背後往往有一個支援他的團隊，胡姐姬與秦良玉也不例外，她們都有自己的支援團隊，協助她們辦理各種事情。

秦良玉有自己的固定班底，為她搜集情報、掩護她的行動、為她進行小規模的情報操控。胡姐姬雖然沒有專屬的幫手，卻也有幾家長期合作的「業者」，包括情報商、徵信社、搬運專家、銷贓商、武器供應商，唯獨就是沒有善後處理的合作伙伴……她喜歡把麻煩丟給公會。

原先不用這些協助者是因保密協定，不過胡姐姬還是打通電話叫徵信社派遣探員監視足球場，因為這是無關保密事項的工作。至於徵信社的員工撞見「什麼」、猜出「什麼」，全推給「意外」……誰知道捉「偷情」會倒楣到撞見異靈。

秦良玉雖然表示不滿，卻沒阻止。她不派「可靠的自己人」而讓胡姐姬花錢「外包」是有原因的——需要保密時，派自己人反倒不方便，萬一自己人知道了反而麻煩；若外人不小心知道了什麼，那就是公會與那個人之間的事。

胡姐姬開心指點：「踏進這行，你也該找家合作伙伴。公會雖然提供業助，不過聰明人才不會讓公會的眼睛跟在身邊。不嫌麻煩你可以自己訓練一、兩位助手，不過還是要跟某些業者打好關係，才好辦事呦～」

打好關係真的很重要。

關係不好，怎麼可能打通電話，徵信社不問理由、不問費用就馬上出動？

不過，好的關係有很多種形式。

胡姐姬與情報商二十三之間的關係能算融洽嗎？

◆◎◆※◆◎◆※◆◎◆

來到士林夜市，三人就在路邊下車。

「車子能停這裡嗎？我聽說臺北市的警察很勤奮，開單拖吊從不手軟。」

黃志明擔心足球場那邊有意外時，交通工具卻消失不見。今天的運動量已經超過三個月的分量，他不希望因為意外又要增加運動量。

胡姮姬拍拍可愛的轎車，沒人駕駛，它居然自己開走了！

「我叫它在附近打轉，隨時跟在我附近。」

「妳的車真行。」黃志明對這樣的車很感興趣。

「智能電腦的自動駕駛？這種未來科技違法，妳不該使用。」秦良玉責備道。

「獵人做的事哪件不是違法？」胡姮姬馬上吐槽。

眼見兩人又將吵了起來，黃志明馬上說：「所以我們要阻止更嚴重的違法事件，夜市人多、地方又大，交易會在哪進行？」

夜市人山人海，要在這種地方找到可疑人物，跟大海撈針沒兩樣。

「找人問。」秦良玉丟下簡單的一句話便走入夜市。

沒錯，找人問。

來到一間生意火熱的蚵仔煎店，秦良玉揪起正送完餐的小夥計的袖子，毫不客氣地說：「過來，問你一些事！」

「咦！啊！」路邊攤的小夥計先是一驚，正要大叫時，瞧見揪住他的人是秦良玉，馬上滿頭暴汗、嚇得六神無主，傻乎乎的點頭說：「您、您盡量問，小、小、小的知無不言……言、言無不盡……」

「見過身上有這個標記的人嗎？」

「好像沒有……」

「想清楚再回答。」

秦良玉語氣冰冷地瞪向小夥計，後者哭喪著臉，恨不得今天生病請假沒來上班。

「大姐！我已經從良了……」

「我只想問你，有沒有看過這個符號。」秦良玉拿出手機。

「我真的不幹臥底，也不幹線民了，你們為什麼還是不放過我……」小夥計急得眼淚流了出來。

「你們？除了我之外，還有誰問過你相同的事？」秦良玉冰冷的雙眼彷彿射出無情的利刃。

「啊！」小夥計驚覺自己說漏了嘴，這才一把鼻涕、一把淚地哀求：「大姐我什麼都不知道……真的不知道！」

「那就說你知道的。」秦良玉手朝佩劍移動。

斬無赦的稱號嚇得小夥計馬上招供：「嗚……我說、我說！能說的我全說！不過求求大姑奶奶千萬別說是我說的……」

「那得看你的配合度。」

「稍早有位獵人，是公會現役的獵人，也在問這個符號。不要問我那位獵人是誰，我已經忘記了，真的忘了，你們這些人總有些奇奇怪怪的辦法……別生氣！我只是忘了他是誰，沒忘他問的問題。他想找有這個符號的店家或是招牌，好像跟人有約。」

秦良玉這才滿意地點頭放開小夥計。

「有線索了。某位獵人在找眾靈之友的據點，要跟眾靈之友的人會面。」秦良玉說。

「也就是說，此地真的有眾靈之友的據點？」黃志明問。

「不見得，也許只是暫時的交易地點。勉強算有個目標。」胡姮姬說。

「店鋪這麼多，怎麼找？」黃志明苦惱地問。

胡姮姬朝黃志明眨眨眼，「當然是找專家，先去找士林通。」

士林通不是一個人，而是一種人的通稱，通曉關於士林夜市的人便是士林通。要打聽關於士林夜市的事，找他們就對了。

「這裡的老闆就是個士林通。他不光是士林通，還是華西街通、師大夜市通、饒河夜市通、龍山寺通，本市所有的夜市有什麼動靜全在他的掌握中。」胡妲姬介紹道。

而路邊算命攤的老先生，正在看八卦雜誌的老算命師就是個士林通。

胡妲姬坐下來，雙手靠在小折疊桌上撐著自己的下巴。

「想問什麼？」

「哪家店有這個？」胡妲姬拿出手機將眾靈之友使用的古埃及契形文字符號秀出來。

老算命師輕點折疊桌三下，胡妲姬隨即從仕女包中拿出三張百元鈔放到桌上。老算命師瞄桌上的錢一眼，就繼續看他的八卦雜誌。

「貪財的死老頭。」胡妲姬嘟起小嘴，又從仕女包中拿出三張千元鈔。

「吝嗇的黃毛丫頭。」老算命師不客氣地堵回去，然後又繼續看他的八卦雜誌，從頭到尾都不曾瞧過胡妲姬半眼。

「嘖！真討厭。」胡妲姬只好再拿出三疊鈔票。

敲三下，不是三百，不是三千，更不是三萬，是三十萬！有用的情報從來沒便宜過。收起鈔票，老算命師才抽出一張名片，說：「少糊弄老人家。想得到什麼，就該付出什麼。」

「那位老先生到底是？」離開算命攤後，黃志明才好奇地提問。不論如何，他還是很感謝老算命師，畢竟因為有他，自己才免於累死的悲慘命運。

「退役的獵人。無趣的老頭竟然瞧都不瞧我半眼……鐵定是年紀大了那話兒也不行了！」胡妲姬恨恨地說。

「原來是退役的獵人，果然老道。」黃志明點頭稱是。

老牌獵人果然高明，知道難敵胡妲姬的魅力，乾脆裝出「高人」的模樣瞧都不瞧她一眼。欣賞她的美就會被她的魅力迷惑，三十萬的情報費馬上變成三百塊。

「嗯～黃小弟是什麼意思？」

「時間緊迫，我們快去找人！」發現危險氣息的黃志明馬上岔開話題。

老算命師給的名片是間夾娃娃機的專門店，狹小的店鋪裡擠滿各式夾娃娃機。

「這裡會是眾靈之友的秘密交易所？」

店裡只有年輕男女在玩夾娃娃機，看起來並不像秘密組織的秘密交易所。不過，店招牌上確實貼著一張眾靈之友的靈魂標記。

「讓我用仙術探測。」

「不要！」

胡妲姬、秦良玉少見地抱持相同的意見。

「近距離使用法術探測很容易打草驚蛇。」秦良玉解釋。

「那要怎麼辦？」

黃志明今天的運動量已經超越兩季的運動量，不過都已經付出這麼多，要是無法完成任務，之前勞動都白累了。

「等。」秦良玉簡明扼要的說。

「妳能確定公會的某獵人還沒完成交易嗎？要是交易已結束，我們豈不是白等了？」

「放心，交易尚未完成。」胡妲姬說。

「妳怎麼知道？」黃志明不明白她們哪來的自信。

「女性的直覺❤」胡妲姬大言不慚的回答。

胡妲姬的女性直覺讓黃志明另眼相看。沒等多久，可疑人物隨即現身。

一名戴墨鏡、穿著新潮服飾的男子來到店門口。

「竟然是殘戀之星！」秦良玉頗為意外。

「他是公會的獵人？」黃志明問。

「是的。公會少見的好手，但他向來有愛心，樂於主持正義，是個……好人……怎麼會是他？」秦良玉很是疑惑。

「嘻，別急著定罪。也許他只是湊巧來這裡。繼續觀察再做定論也不遲～」胡妲姬興奮的語氣，聽起來好像在嘲諷秦良玉對殘戀之星的評價。

「殘戀之星？好怪的稱號。跟他的能力有關嗎？」黃志明好奇地問。

「跟能力無關。只因他是個好人。」

胡妲姬的回答並不能解除疑惑，黃志明只好靜靜地繼續看下去。

殘戀之星在店外走走瞧瞧，並未與任何人接觸。最後他抬頭看見招牌上的圖案，便拿出手機開始撥號。

電話似乎有打通，只是他僅開口說了兩句，通話隨即結束。接下來簡訊傳來，殘戀之星看完簡訊便走入店內兌換零錢。

換好零錢他找了臺機子開始玩，可惜技術很糟，玩了三局都沒收穫，然後又轉向另一臺才擺上新玩偶的機臺繼續努力。

夾娃娃機像是不會吐錢的存錢筒，不停吃下殘戀之星的零錢。一局、兩局、三局、四局，好不容易玩了十局，他終於抓到娃娃。

怪怪的仙人掌布娃娃——某兒童卡通的人物——被他丟到機臺上方，他繼續努力。

接下來他彷彿用盡幸運，只見銅板不停減少，收穫卻一直掛零。不知不覺中零錢耗盡，他又到櫃檯兌換零錢。

「妳們確定他是獵人？」黃志明越瞧越火大，技術爛就別浪費錢。身為獵人，玩夾娃娃並不可恥，可恥的是花大錢居然還夾不到娃娃。更過分的是害他一直保持警戒狀態，這種狀態很耗體力的！

「他是獵人，不會錯的！」

「這樣也叫一流的異靈獵人？」黃志明忍不住質疑。

「應該是……」秦良玉的語氣變得超沒信心。

衝著殘戀之星爛到爆的夾娃娃技術，很難相信他是一流的獵人。

不過反過來想，技術這麼爛居然還能堅持下去，再讓他玩下去，夾娃娃機的零錢箱都要爆倉了。或許這份不肯放棄的執著是成為優秀獵人的重要條件。

「他在發什麼瘋？已經花好幾千塊了，再玩下去，夾娃娃機的金庫都要被他塞爆。」

皇天不負苦心人，花掉七張千元大鈔後，殘戀之星終於夾到他要的娃娃。

殘戀之星高興地捧起娃娃，好像完成多年心願似的，熱淚縱橫。

一個大男人捧著織女造型的布娃娃竟然痛哭流涕。

看到這一幕，三人又氣又好笑，氣的是殘戀之星害他們浪費時間，又覺得他的行為很好笑。特別是胡姐姬像個遊客般，特地將他抱住布偶掉淚的畫面拍錄下來。

「這傢伙太誇張了……」

「咦！」突然間，三人同時發現異狀，那個布娃娃竟然是異靈！

被封印的異靈，沒有甦醒之前完全無法察覺它的存在，當殘戀之星拿到娃娃後，封印解開，才洩漏異靈的存在。

想不到殘戀之星不惜辛苦花大錢夾起來的娃娃居然是異靈！

「我明白了，夾娃娃便是解開封印的條件！難怪他的技術超爛還不肯死心。」

「公會嚴禁私下交易異靈。」秦良玉說。

「這麼說來，方才更換娃娃的工作人員，便是眾靈之友的成員！太大意了，不過沒關係，丟了賣家，買主與違禁品還在眼前呢～」胡妲姬意有所指的笑道。

殘戀之星的運氣一直都不大好，今天更是他大走楣運的日子。若是平常，他絕對不會讓自己同時面對三名獵人。他運氣雖然不好，但好歹也是一流的獵人，如果不是運氣爆爛，他早就成為最頂尖的獵人。

因為運氣不好，所以他的警覺性比一般的獵人高十倍。可是他今天太高興了，只要他使用手中的異靈，長久以來的哀怨終於能夠解脫……

可惜他沒機會。

一時的疏忽讓他被三位優秀的獵人包圍。這三位獵人當中，就有兩位是公會裡超越一流——最頂尖的獵人。

有什麼比自己被更優秀的獵人攔阻更倒楣的事？

有的，那就是攔阻他的人包括擁有「鐵石心腸．斬無赦」之名的秦良玉。

碰上別人還可以動之以情再誘之以利，碰上秦良玉可是完全沒得商量。

「你們想幹什麼？」殘戀之星很公式化的說。

「交出你手中的異靈。」秦良玉也很公式化的回答。

「不！誰也不能奪走它，它是我的希望！」殘戀之星更用力地抱緊手中的布娃娃。

「別這麼凶，女孩子要有淑女的樣子，維持甜蜜可愛的形象。瞧妳的樣子，不知道的還以為我們是來搶劫的壞人。」胡姐姬對秦良玉搖了搖食指，接著視線轉向殘戀之星，勸說道：「來，乖～把東西交出來，姐姐念在你是初犯，給個緩刑。」

「不！誰也不能奪走我的幸福！」

殘戀之星歇斯底里的大叫，他發狂地發動攻擊。在瘋狂中，他保持冷靜，把較弱小的新人當作突破點。

但他錯了——他衝向的地方卻是陷阱！

過來逮人的三人當中，只有黃志明做好準備工作，事先準備好了眾多的仙術。

殘戀之星像山豬般勇往直前，用他的身體為盾牌，守護手中的娃娃撞破數道仙術。他以驚人的效率闖關，眾多仙術只拖延短短數秒的時間。

可惜再有效率，他還是花了數秒的時間，這時秦良玉的攻擊來了！

「誰也不能奪走它！」殘戀之星大叫。

秦良玉冷靜果斷地揮動劍鞘，擊中殘戀之星的手腕。

「不！」

異靈布娃娃從他手中飛了出去，由胡妲姬接收。

殘戀之星激動大叫：「還我！我的紅線織娘！我的幸福啊……」

「紅線織娘？」胡妲姬皺眉。

傳說中，綁上紅線的男女就會相愛，正是千里姻緣紅線牽。紅線織娘與這個傳說有關，是一種非常特殊的異靈。它們產生於祈求姻緣的月老廟，擁有為人牽紅線的特殊能力，讓陌生的男女跌入愛河。

「拜託……別奪走我幸福的希望……我的幸福，我美好的未來全靠它……我可以接受公會的懲罰，只是求求妳讓它先幫我牽線……」殘戀之星很沒骨氣地苦苦哀求。

「你到底是不是男人啊！想要女朋友就要自己主動追求！身為獵人怎麼可以靠異靈改變人心！我雖然不認同公會的種種規定，只有『嚴禁任何人使用影響心靈的異靈』這點深得我心。」胡妲姬生氣地指責殘戀之星。

不過，她好像是最沒資格進行這種指控的人……因為最常用自己的魅力影響心靈的人，不就是她嗎……

黃志明不禁質疑，胡妲姬是因自己的專利被紅線織娘侵害，所以特別生氣。

「我就是想要可愛的女朋友！你們怎麼可以剝奪我身為人類最原始也是最重要的需求！你們不能這麼做！」

黃志明同情地看著他，同時疑惑地問：「你怎麼可能慘到要靠異靈幫你介紹女朋友？你的長相已達偶像明星的標準，當獵人的收入很高，又帥又有錢，怎麼可能找不到女朋友？」

「誰說我找不到女朋友了！願意當我女朋友的人可多了！」

既然如此，私下交易紅線織娘做什麼？明明就交得到女朋友，卻想用異靈拉線製造良伴。黃志明不禁嘀咕：這傢伙有病！

「他當然交過女朋友，不過我聽說前任女友在上個月另結新歡後捲款而逃，把他的積蓄全部帶走了。還有，前前女友只把他當備胎，後來一通電話通知分手說是要結婚了，新郎不是他。再前任女友是把他當提款機的外籍人士，錢撈夠了就回國與丈夫團圓。再再前任女友是位閃亮的交際花，同時擁有七位男朋友……」

「不——」殘戀之星悲憤地完成標準的失意體前屈，「別再說了……」

「好啦，我能體諒你。」胡妲姬像安慰小朋友似的輕拍他的腦袋，「乖，把你購買紅線織娘的路子介紹給我，人家才好幫你完成心願。」

「真的願意幫我？」

「真的。」

胡妲姬誠摯的笑容好似聖女撫慰大地，但黃志明卻看到她放在背後的左手食指、無名指交叉，做出別具深意的手勢！

同為男性，黃志明深感同情：可憐的殘戀之星又被坑了，美麗的玫瑰總是帶刺，豔麗的蘑菇總是帶有劇毒，大自然的至理誠不欺我。

在胡妲姬的魅力勸說之下，殘戀之星全招了。

「我向眾靈之友申購，等了十五天終於到貨，結果卻碰上你們。唉，眾靈之友應該是公會的子團體，雖然不隸屬公會，不過我所知道的成員幾乎都是公會的獵人或研究員。他們致力於異靈的研究，在培育異靈與運用異靈的領域成果卓越。」

「培育異靈？異靈當工具？」黃志明露出意外的表情。

「拜託！使用異靈對付異靈早就不是新聞了。稻荷家、上帝之翼、龍虎山早在幾百年前就開始驅使異靈。公會的管制根本是在保障既得利益者！明明就有紅線織娘這麼好的異靈，偏偏不讓人使用。」殘戀之星嘆氣。

「我怎麼不知道有這回事！」秦良玉質問。

「怎麼可能讓你們知道……我們只是為了達成無傷大雅的私人目的，而公會的態度向來是睜隻眼、閉隻眼。況且公會的某些部門還私底下向眾靈之友購買異靈。畢竟使用、製造異靈的生意遊走在灰色地帶，所以眾靈之友在招募成員與顧客上向來小心。雖然眾靈之友沒幹壞事，但畢竟違反公會明文訂定的規章，被古板的獵人知道還是超麻煩的。」

「先等會！」胡妲姬抗議：「什麼叫不讓古板的獵人知道？竟然把我跟平坦的小女孩相提並論，你們眼睛長歪啦！」

「公會還要向眾靈之友買東西……你的意思是，眾靈之友的技術已經凌駕公會？」黃志明質問。

「真的，沒騙人！像是情報部門最近最熱門的儀器『大地的回顧』，其中的核心技術就是向眾靈之友訂購的異靈。」

殘戀之星說明之後，三人眼中同時出現驚駭之色。

想不到眾靈之友已經在公會眼皮底下存在許久，在公會內部甚至是個半公開的秘密。更沒想到在公會眼皮底下的眾靈之友竟暗藏禍心！

「也許公會高層早就知道竊取《喚靈之書》的凶手是眾靈之友。」黃志明說。

「是啊，搞不好還有些人認為《喚靈之書》落於眾靈之友手中，反倒能『物盡其用』呢！」胡妲姬嘲諷。

「難怪公會的支援有限，只有眾靈之友企圖奪取召妖幡．仿時，才請杜幫點小忙。」黃志明一副恍然大悟的模樣。

從陰謀論的角度來思考，公會不介意世界上出現更多異靈，有異靈鬧事才能突顯公會的重要性。當然，足以威脅公會的強大異靈不能存在，所以公會不容許召妖幡・仿落入眾靈之友手中。

「老是隱藏最重要的資訊，所以人家才討厭秘密任務。」胡妲姬嘟起小嘴。

「不論公會真正的態度為何，《喚靈之書》必須回收！」秦良玉態度堅定毫不動搖。

黃志明無所謂地聳聳肩，公會的態度與他無關，只是拯救世界的偉大任務扯上公會內部的派系紛爭，他感覺不舒服。

「那他怎麼辦？不如放了吧，挺可憐的。」黃志明同情戀愛之路坎坷的殘戀之星。

胡妲姬同意地點頭，然後輕吻布娃娃。

靈光乍現，封印徹底解除，紅線織娘獲得解放，它脫離布娃娃的束縛朝空中飛去；停頓一下，它轉身，浮在空中向胡妲姬鞠躬致意後化光而去。

「妳放走它？妳說要幫我的！妳要負責……要不……我們倆試試看……」

竟然向胡妲姬提出這種請求，真不怕死。黃志明不禁同情地搖頭：他的腦袋被驢踢！沒有識人之明，難怪老被戀愛詐欺。

殘戀之星之所以是殘戀之星，根本是咎由自取！不懂得挑對象，拚命飛蛾撲火，難怪落得滿身情傷。

「小女孩，幫點小忙嘛～」胡妲姬露出迷人的笑容。

不廢話，秦良玉劍鞘擊下將人打趴。胡妲姬則轉身離去。

◆◎◆※◆◎◆※◆◎◆

可憐的殘戀之星告白被甩，而且對方是用最激烈的方式拒絕。

他趴在夾娃娃機店家的角落，孤零零的一個人，只有冷冰的地板陪伴他。

夜市街道非常熱鬧，人來人往，許多情侶相伴逛街。殘戀之星像是被世界遺棄的小狗狗，可憐兮兮地看著店外人來人往。

羨慕與嫉妒的情緒在心中交錯，街上情侶恩愛的模樣深深地打擊殘戀之星。

「可恨吶……為什麼我這麼慘，為什麼他就能左擁右抱……我恨！我怨！願天下所有情侶全部去死！」

強烈的怨念形成漩渦，持續吸收著相同的怨念，形成更強烈、更強大的怨念——相同的意志「情侶們去死！去死！」的怨念凝結化形，受到藏在本市的《喚靈之書》的影響而形成異靈。

新的異靈「去死去死大將軍」降世！

第八章

喚靈儀式

得知任務扯上公會高層的內鬥，胡妲姬就顯得興致缺缺。

她不討厭被利用。有用的人才會被利用。

但是她討厭不有趣的利用方式。

這次的任務，公會高層利用公會的制度隱瞞重要訊息。胡妲姬覺得自己被耍了，被單方面的玩弄。向來都是她在玩弄人！怎麼可以被公會的老頭單方向的玩弄！

碰到這種事不高興是理所當然。

黃志明也不高興，不過即使不高興，該做的事還是要做——阻止《喚靈之書》遭惡用。做該做的事，盡全力完成該完成的任務。公會高層的態度如何、公會高層的內鬥，都與任務無關。

「在足球場監視的人員有發現異狀嗎？」秦良玉的語氣絲毫不受影響。

胡妲姬目光移向後照鏡，瞧瞧坐在後座的秦良玉，搖搖頭低聲喃呢自語埋怨兩句後才慵懶的說：「沒回報就是沒狀況。」

「也許是有狀況來不及回報。請妳主動聯繫。」秦良玉說。

「沒必要。」

又要起爭執了。

黃志明今天的運動量已經達到半年份，身體相當疲勞。為求精神安寧，他巧妙地引導話題：「抵達足球場親眼瞧瞧馬上就知道。不過公會到底在想什麼？居然讓眾靈之友恣意發展、任意亂來。」

「公會統合許多組織而成，內部山頭林立。不是不想管，是不能管太嚴。況且讓眾靈之友發展，也有助於打壓公會現有的勢力。」胡妲姬板著臉解釋。

「避免一家獨大，壟斷市場？」

「大概是這個意思。」胡妲姬興致索然地說：「真無趣。本以為有機會挖出秘辛，抓到高層的小辮子。妳也別這麼認真。這個任務不論結果為何，都少不了優渥的報酬。」

「我不是為了報酬。」秦良玉說。

「別告訴我是為了興趣……難不成妳天生喜歡斬人！」胡妲姬故作驚訝地嘲諷。

「我不管公會高層的派系鬥爭。我只知道《喚靈之書》不該淪落在外。只要《喚靈之書》未封印，就會有許多不該甦醒的異靈出現。這些異靈會給許多人帶來傷害，不能因為公會高層的內鬥就忽略普通人的安危。」

「嘖！無趣的正義感。我最討厭妳這種天真的小女孩。」胡妲姬嘟嘟嘴，故意露出厭惡的表情。

「真巧。我也不喜歡妳這種人。」秦良玉毫不客氣的反擊。

「唉……為什麼非要將觀念迴異的兩人湊在一塊執行任務？」黃志明不禁惡意地認為這也是公會的手段，甚至質疑這一切都是公會高層的陰謀，故意將這兩人弄到一塊，導致任務在內部爭吵中失敗。

黃志明也討厭公會高層的內鬥，但他認同秦良玉的執著。

「雖然我很想回家休息，不過我討厭半途而廢。胡姐喜歡失敗嗎？我不喜歡，特別是值得紀念的初次任務就失敗。」黃志明搖了搖頭。

「我當然不喜歡失敗，賞金差很多。不過……」

下半句話胡妲姬沒說出口。她認為完成任務的機會相當渺茫。足球場只是有人在進行召喚儀式，即使阻止了儀式，沒有取回《喚靈之書》，類似的事情將不斷發生。

讓《喚靈之書》喚醒世界各國對異靈的恐懼，也許這正是公會裡某位掌權的大人物的目的——

瞧，地球是很危險的！你們需要公會的保護。現在乖乖地交出保護費。不聽話，持有《喚靈之書》的惡棍在你家後院弄出大傢伙，公會就不幫忙。

胡妲姬不想當公會的打手，當打手一點也不有趣。

「你們倆太認真了……」胡妲姬搖搖頭，露出苦笑，「我再問問情報商『灰網』與『黑暗卜占』，如果沒消息，就別再瞎折騰。適當的熱血很好玩，太過熱血就不有趣了。」

胡妲姬還來不及撥電話，手機來電鈴聲先響起，瞧見來電提示，她怨氣十足的說：「溫蒂妮還有臉來電？」

接通視訊電話後，就聽見溫蒂妮著急的叫罵：「你們到底在幹什麼！眾靈之友已經在喚醒大傢伙了！萬一讓他們成功喚醒強大的異靈，他們就能打破結界帶著《喚靈之書》揚長而去！」

胡妲姬語氣冷漠的回應：「奇怪了，公會哪時候這麼關心眾靈之友的動向？居然知道眾靈之友要喚醒大傢伙。」

溫蒂妮忿忿地說：「妳少在那冷言冷語！我只知道你們是我負責聯絡的獵人，而且任務失誤。都收到有人要在足球場進行喚靈儀式的情報，為什麼不去阻止？公會的監控系統已經發現該地有強大的靈力反應，依據靈力的強度推測至少是A級的異靈。萬一A級異靈暴動，不用十分鐘，本市就會變成廢墟！」

「少來了。這次妳又隱瞞了什麼事？」胡姐姬冷哼一聲。

「公會高層的鬥爭不關我的事，也不關市民的事。我的工作就是聯絡獵人，將危害的異靈清理掉。你們辦不到我就找別人！」溫蒂妮怒了。

「什麼嘛，說的好像全是人家的錯……」胡姐姬小聲嘟囔：「不就正在趕過去的路上了嘛……」

「監控足球場的人為什麼沒回報？」黃志明詢問。

「可惡的懶鬼，任務解決後我非要好好教訓徵信社！」胡姐姬撂狠話的同時臉上出現憂慮的神色，「繫好安全帶，我要加速了！」

「加速？塞車耶……」黃志明愣住。

「放心。我的駕駛技術很好。」

再好也不能在車陣中飆車啊！就算經過改裝，這輛依然是轎車而不是裝甲車啊！

胡姐姬沒打算撞飛別人的車，更沒打算進行空間穿越。她打開保險開關，翻開蓋子按下紅色的按鈕。轎車微微震動，瞬間有如直升機般垂直上升。她油門踏下，又似噴射機般火速向前！

這不是轎車！這不是轎車！這不是轎車——

這是飛機！

黃志明臉色鐵青的用力抓住握把。

「放心。飛行狀態時有隱形裝置，就算有些許小失誤，也由公會去處理。可惜每次使用時，溫蒂妮都要嘮叨大半天。」

——誰問妳這個了！

黃志明想問的是：妳有飛行執照嗎？

胡妲姬開車——現在是飛機了——橫衝直撞，視交通號誌如無物。雖然轎車離地兩公尺，可是就在馬路上高速飛行，不但要閃避大貨車，還不時用大甩尾來轉彎！彎沒轉好可是會撞上高樓大廈的！

黃志明沒去過遊樂園，沒坐過雲霄飛車，不過他再也不會對雲霄飛車有興趣。那玩藝兒算什麼！坐過胡妲姬開的飛車，雲霄飛車好比扮家家酒，跟玩假的沒兩樣！

◆◎◆※◆◎◆※◆◎◆

從士林夜市到足球場才花三十秒就到達！要不是飛車只離地兩公尺，胡妲姬還打算直接降落在足球場！

車停好，兩女迅速下車。側門稍晚打開，黃志明卻是滾著出來，然後跌到行道樹下當場吐了三秒。

「嘖！黃小弟，這樣就不行了，還算男人嗎？」

「有、有妳這麼……這麼開車的嗎？」黃志明虛弱的罵回去。

「大家都這麼開的。不信你問她。」

黃志明當然不信，詢問的目光瞧向秦良玉。後者遲疑了一下，還是朝他點頭。

是的，當情況緊急、趕時間的時候，確實都是這麼開的。當然，秦良玉只是單純的飆車，不像胡妲姬還會故意甩尾什麼的，把車子搞得像玩花式調酒，甩來晃去拚命玩特技。

「要命，下次再也不坐妳的車……」

情況緊急沒空休息，黃志明強忍不適，追上進入足球場的兩人。

還沒進入足球場，三人便感受到強大的靈壓。裡頭進行的喚靈儀式非比尋常，召喚的目標果真是擁有毀滅城市的可怕存在。

三人交換眼神，交互掩護，小心前進。進入不久便瞧見有人橫躺在地。那人並無明顯外傷，表情卻如見到鬼般，好似驚嚇致死！

黃志明仔細查看，這人身上的裝備顯然不是尋常的市民，他身上配有無線電對講機、針孔攝影機，還有電擊棒……雖是如此，身上的東西都只是現代科技的產品，並非獵人之流的特殊人物。

「這個人……會不會是徵信社的員工？」黃志明問。

「已經不重要了。儀式還在進行，快去阻止！」

胡妲姬冷漠的語調中帶有怒氣，她的冷漠有如暴風雨前的寧靜，她暗帶怒火，有如蓄勢待發的火山。

三人神色凝動，火速趕向儀式現場。

走出看臺就能看到足球場內部，只見草皮上繪有雙層的巨大魔法陣，魔法陣外層不停的由地脈中抽取靈力，龐大的靈力則全部集中起來，為魔法陣內層提供力量。

「他們想喚醒什麼？」秦良玉問。

「很古老的魔法陣……」黃志明若有所思地看著魔法陣，樂觀的說：「反正是個大傢伙，喚靈儀式肯定耗時。只要破壞外層那三個結點中的任何一個，停止靈力的供給，儀式隨之中止。」

「知道方法就簡單了。」胡妲姬嘴角微揚。

「直接過去破壞就行了。一人一個。」秦良玉說。

「真夠亂來的，今天的工作量已經超過半年的勞動量了。」黃志明苦笑之後也走向魔法陣。

壞人沒令人失望，眾靈之友成員出現。有四位實力非凡的強者阻擋胡妲姬與秦良玉。由她們兩人吸引火力，黃志明很順利地到達結點。

「多虧了她們有夠亂來。」感嘆之餘，黃志明迅速準備仙術。

「離這裡遠一點！」

警告聲從後方出現的同時，黃志明發現自己的背遭槍管抵住。

「我不喜歡殺人，不喜歡見血。請別害我暈血。」背後的人說。

「真貼心。不過……」黃志明身形突然閃爍，槍聲同時響起！子彈穿過黃志明，接著他像是被子彈打穿的沙雕，快速瓦解。

黃志明消失的同時，又在旁邊出現。

「我討厭動手，但更討厭被槍指著！」

「是嗎？那我一定要被你討厭。」眾靈之友的成員又拿槍指著黃志明。

這名西部牛仔打扮的男子的武器不只是槍，還有類似獵槍的異靈浮在空中，槍與槍型異靈的槍口全都瞄準黃志明。

「別再用幻術，你的幻術可以迷惑我，卻不能迷惑我的貝瑞塔。」

「好稀奇的異靈，好帥氣的獵槍。唯一的缺點是槍口瞄向我。」黃志明毫無緊張感。

「貝瑞塔不光是好看，而且火力強大，可以輕易打死水牛。我曾與它合作獵殺過兩隻獅子、三隻大象、十二隻土狼、四十七頭鹿，還有無數隻野兔與飛鳥，當然還有不少惹人厭的異靈，以及自以為是的獵人。」獵槍被稱讚，西部牛仔顯得非常得意。

「包括你們即將喚醒的異靈嗎？」黃志明問。

「如果它很惹人厭的話。」

「我相信它一定很惹人厭。這裡除了聚集地脈的靈力，還將全市的怨氣集中。需要吸收怨氣才能甦醒的異靈一定是很惹人厭的異靈。」黃志明為西部牛仔分析。

「你說有怨氣就有怨氣？」西部牛仔不屑的說。

「我好歹是個精通仙術的人，不會連望氣術這點小術都不會。」

「我相信你懂，不過——哈！破壞喚靈儀式的公會走狗少騙人了！」西部牛仔揮動手槍繼續說道：「麻煩你往旁邊移動，動作慢些沒關係，別有不良企圖，不然我只有忍痛開槍，為我的戰績留下不名譽的記錄。」

「其實你拿槍指我並無大用。」黃志明用眼神指向秦良玉與胡妲姬，「你得想辦法阻止她們才有用。」

「甭擔心。謎心魅姬與鐵石心腸兩位大名鼎鼎的頂尖獵人來訪，我們怎麼可能不做好招待她們的準備。」

聽聞此言，黃志明不禁擔心地望向兩位同伴。

她們都碰上麻煩，眾靈之友特別準備針對兩人的對手。情況不妙，兩人都被壓著打！有隻木乃伊與狀似機械戰警的未來人在對付胡妲姬，因為不論是木乃伊還是機械戰警都是毫無感情的傢伙，他們都不受胡妲姬的魅力影響。

另一方面，有兩位眾靈之友的強者正在對付秦良玉。巫醫召喚詛咒娃娃阻擋秦良玉之餘，還不停進行詛咒。除此之外，還有位獵人躲在觀眾席上拿魔法短弓與魔法自動裝填弩對她進行遠距離狙擊。

眾靈之友的攻擊全是針對胡妲姬與秦良玉所設計，很明顯有內賊通外鬼。

黃志明臉色微變，立即反擊，不顧西部牛仔的槍、也不管異靈獵槍貝瑞塔正瞄準他！有勇無謀？非也。黃志明全力施展仙術！加在他身上的九重封印立即進行壓制，強大的封印形成特殊的障壁，將子彈全部彈開。

「還有這種強力的防護魔法！不過你能擋幾下？」

「不必擋了。」黃志明不想再施法。九道封印、九種不同形式的壓制，在這種狀態下施法極端辛苦，再施法的話，不必等西部牛仔做什麼，他自己就要倒下。

「你已經不構成威脅了。」黃志明瀟灑地轉身，走向魔法陣結點。

「笑話！」西部牛仔深深地覺得自己遭受汙辱，憤怒出手。

手中的獵槍與異靈獵槍同時攻擊，他扣下扳機，子彈發射，但原該向前直行的子彈竟然逆行歸返原處！兩把獵槍雙雙損毀！子彈打回西部牛仔的獵槍，子彈打入槍管帶來膛炸，將西部牛仔當場炸昏。

「連這麼粗糙的仙術都沒發現……派最弱的人對付我……原來我被人瞧不起了。」黃志明搖搖頭，繼續施展仙術破壞魔法陣。

另一方面，陷入困境的秦良玉與胡妲姬居然吵起來了。

「小女孩快不行了吧？我就說光靠暴力是解決不了事情。」胡妲姬被木乃伊、機器戰警追著打，在這種危急的情況下，她居然還有心情不忘損秦良玉兩句；後者也不是省油的燈，避開攻擊馬上回敬。

「有空，不如先擔心自己。希望妳有為自己的臉孔保險。」

「我的美貌舉世無雙，沒有保險公司承擔得起。小女孩整天玩劍，才要保險。不過依妳老是主動揮劍鬧事的習慣，任何一家有理智的保險公司都會拒保。我勸妳還是快點找張長期飯票嫁掉。哎呀～誰敢娶只會揮劍的暴力女？抱歉，我太失禮了～」

「容貌不會長久，內在更重要。只靠美貌惡劣地玩弄男子，等妳年老色衰，準備孤苦無依的一個人過日子。」

「呵，會這麼說的都是對自己沒信心的女人。葡萄真酸吶～」

「妳還真敢說。」

「有何不敢？小女孩～可憐的貧乳～」

小女孩、貧乳，兩個觸動女性逆鱗的關鍵詞，惹得自制力極高的秦良玉頭冒青筋，忿忿地頂回去：「總比大而不當來得自然。魔女，靠整形嗎？」

「整形？老娘是天生麗質！暴力女把話給我吞回去！」

「誰理妳！紅顏禍水。」

「暴力的小屁孩！」

「公主病的花瓶！」

「白痴！」、「笨蛋！」、「智障！」、「敗類！」、「無能！」、「無恥！」、「廢材！」、「骯髒鬼！」、「魚干女！」、「低級！」、「低能兒！」、「騷婆娘！」、「男人婆！」、「蠢蛋！」、「小嘍囉！」、「嘴炮王！」、「腦洞！」、「白目！」、「貧乳！」、「下流！」、「貧乳！」、「下流！」、「貧乳！」、「下流！」……

秦良玉與胡妲姬的爭吵越來越激烈，最後退化為小學生等級的無腦互罵。

吵架的同時，兩人越來越接近，最後交會。秦良玉被胡妲姬再三的「貧乳」攻擊徹底激怒，轉身就朝胡妲姬揮劍！

劍起劍落，胡妲姬毫髮無傷。

秦良玉變魔術般的穿越胡妲姬，劍落到胡妲姬前面的木乃伊身上。

同一時間，胡妲姬也為秦良玉接下巫醫的攻擊。

吵架的兩人突然交換對手！

木乃伊？不就是老朽的屍體？雖然經過許多秘法變成沒有感情、不怕打殺的活動屍體，但是木乃伊的本質還是一具屍體。秦良玉揮劍再揮劍，三兩下就將木乃伊分解。

另一邊，胡妲姬送出飛吻迷惑詛咒娃娃。詛咒娃娃立即倒戈，飛向藏在觀眾席的獵人。

戰況迅速逆轉。

失去詛咒娃娃的干擾，秦良玉得以發揮。她以精湛的劍術力抗未來的機械戰警。

機械戰警的材質非常堅固，居然沒被秦良玉一劍斬斷。不過機械戰警在秦良玉暴風雨般的攻擊下，也沒辦法撐多久。

加入戰局的詛咒娃娃加速機械戰警的毀滅。躲在觀眾席的獵人被詛咒娃娃撂倒，他的弩與弓變成詛咒娃娃的新武器，拿到新武器的詛咒娃娃馬上朝機械戰警射擊。

機械戰警雖然是未來科技的產物，可惜沒有防禦魔法的機制。魔法短弓射出的魔法箭擊中機械戰警，雖然沒有造成實體上的傷害，魔法卻已經滲入內部進行破壞。這具大鐵人突然頭部冒煙，開始做出許多奇怪的舉動。

機械戰警在魔法的影響下短路當機，怪異地扭了幾下後，停止運轉。

「要命！」巫醫見狀，顧不得躺平的同伴，拋棄詛咒娃娃拔腿就逃。

三人懶得理他，現在最重要的事是阻止喚靈儀式。

沒有阻撓者，三人順利破壞魔法陣的結點。

「成功了？」秦良玉帶著疑問。

「並沒有。」胡妲姬美眉微皺。

魔法陣依然在運轉中。

「奇怪，魔法陣失去靈力的供給，應該漸漸停止運作才對。」

黃志明看不明白。他的計算沒有錯，魔法陣因為重要的結點遭到破壞已經停止運作，其外層已經停止抽取地脈靈力，可是內層卻依然運轉不息。

「來遲了嗎？」秦良玉抿著嘴，憂心地看著魔法陣。

有些魔法陣只要運行到某種程度就會慣性地運轉下去，局部的破壞無法阻止魔法陣繼續運作，甚至有徹底破壞都不會停止的狀況，只能等魔法運作完畢，自然消失。

「並不是。」胡妲姬不大確定地說：「靈力的供給只是減少……似乎還有別的地方提供靈力。」

黃志明蹲下細細察看，手掌觸碰草皮施展仙術探測靈力。

他這才發現足球場的魔法陣設計得非常高明，居然是立體狀的多層結構魔法陣！

地表的魔法陣區分為內外兩圈，往下三公尺處尚有一座魔法陣，再往下十公尺還有另一座魔法陣。這三層魔法陣都是內外兩圈，由外圈抽取地脈靈力，內圈來進行喚靈儀式。

即使其中一層遭到破壞，儀式依舊能進行。此外，魔法陣還有互相支援與修復的精巧設計，除非同時破壞三層魔法陣，否則魔法陣便能迅速修復。

高明的設計，黃志明不禁咋舌。

「黃小弟既然看破眾靈之友的設計，想必有辦法破解。」

「方法當然有，只是時間上恐怕來不及……必須同時破壞三層魔法陣。第三層魔法陣在地下十三公尺的地方，用仙術滲透最快也要半小時。」

「在這種關鍵時刻居然派不上用場？黃小弟，你讓我失望了。那麼小女孩，麻煩妳斬開大地。」胡姐姬誇張的一手拍額頭，轉向秦良玉說道。

「斬開沒問題。」秦良玉瞪她一眼，「但我的劍才多長？要我挖洞，至少給我鋤頭。」

「小女孩就是小女孩，不堪用。」

「哼！」秦良玉瞪視，雙眼好像快噴出火焰。

「好了、好了，胡姐妳有什麼辦法嗎？」黃志明很怕兩人真的打起來，馬上插話。

「人家只是柔弱的花瓶，挖洞這種粗魯髒活，人家哪裡會有辦法～」

「沒辦法，就閉嘴！」

「我沒辦法，不代表公會也沒辦法。這時候就該請求支援，不能讓公會當擺飾。」胡妲姬笑嘻嘻的說。

胡妲姬馬上撥打電話：「親愛的溫蒂妮，人家在足球場碰上一些小小的麻煩，需要公會的後援。」

「世上還有什麼問題是三位優秀的獵人都無法解決的？」溫蒂妮冷冷問道。

「嘻，我們解決不了的事情太多了。瞧一下。」胡妲姬打開手機的錄影功能進行即時視訊，「這裡的召喚陣有三層，設置在地表的魔法陣我們可以清理掉，可是剩下兩層在地下，最下層的魔法陣在地下十三公尺處。」

「唉……妳要我做什麼？」手機傳出溫蒂妮又長又沉重的嘆息。

「很簡單，火力支援破壞魔法陣。」

「你們都辦不到的事情，我怎麼可能辦得到。」

「聞道有先後，術業有專攻。公會掌握的人那麼多，資源那麼多，我們只是微不足道的三個小角色，連知、道、的權利都沒有——」

「夠了！把妳想到的方法說出來，少在那裡拐彎抹角的損人。」溫蒂妮罵了出來。

「這不是很簡單嗎？地下十三公尺，雖然不是說挖就能馬上挖開，但也不是沒有變通的辦法，直接叫軍方朝這裡打幾枚對付碉堡的破甲彈，飛彈一轟炸下去，還不怕魔法陣不會壞嗎～」胡妲姬提議道。

「這個辦法比挖洞掘地更不可行！不提軍方不敢朝首都發射飛彈，就算國家領導人有這種魄力，等到做出決議、調派部隊進行攻擊，強大的異靈早已甦醒！」溫蒂妮大怒。

「咦！真的不行？明明有辦法，卻不執行，這就是公會的態度？」

「政府是人民的政府，不是公會的政府。軍隊也是國家的軍隊，不是公會的軍隊。」

「咦？怎麼跟我知道的不大一樣，在……」

「夠了！我提出申請，請支會長去跟總統交涉，在這之前你們先想辦法。不過，通過這個方案的機率非常低。」溫蒂妮提出結論，掛斷電話。

通話結束，黃志明忍不住問胡妲姬：「妳是認真的？」

「當然是認真的。可惜了，沒辦法觀賞盛大的煙花。哎呀～我的辦法也沒辦法，怎麼辦呢？」

黃志明的目光在胡妲姬臉上停了幾秒，可惜她的表情已經變回魅力四射、甜到迷死的人美豔微笑。

她為何要提出一個根本不會被接納的建議？或許只是想發洩內心壓力？可憐的溫蒂妮又變成胡姐姬的出氣筒。

「現在已經通知公會進行應變，救難與支援計畫需要時間啟動。無法破壞地下的魔法陣，可以拖延時間嗎？」秦良玉問。

原來只是在通知公會迎接災難，或許通知只是順便，出氣才是胡姐姬真正的目的。畢竟她是以有趣、無趣為接受工作標準的美女。

「只有先破壞一、二層的魔法陣結點，減少靈力的供給，先拖延時間……至於地下十三公尺的魔法陣，我試著進行破解……但是需要很長的時間。」

「黃小弟沒想過找出控制魔法陣的人？與其破壞魔法陣，不如取得它的控制權，叫它停止運作。」胡姐姬推薦其他辦法。

「也許可行，就怕是遠距離控制。畢竟召妖幡的仿製品被我們回收，眾靈之友的首腦恐怕早已躲得遠遠的。」

「他們最好躲得遠遠的！」秦良玉大冒殺氣。

「總之我會試著找出幕後黑手。」黃志明點點頭。

透過魔法陣的靈力流動反溯操控者，是種非常高難度的精密仙術。在黃家眾多子弟中，除了黃志明，僅有修煉仙術超過兩甲子的耆老們辦得到。

黃志明有幸接受伯父黃半仙的指導，學到這種超級高深的技巧，但他不認為有機會揪出幕後黑手。畢竟沒有制約的手段就吵醒強大的異靈，醒來的異靈第一件事就是報復打擾睡眠的大混帳，布陣者若不想死，就該躲得遠遠的。

仙術探測很快就有結果。

黃志明眉頭深鎖，他覺得自己弄錯了。

「如果我沒弄錯，人就藏在廣播臺上。」黃志明疑惑的說。

「我去瞧瞧。」秦良玉提劍即行。

眾靈之友的人怎麼可能躲在那裡。黃志明對西部牛仔說怨氣匯集不是嚇唬人，因怨氣而生的異靈都是凶狠異常，只為殺戮破壞而生。這種異靈甦醒若無人控制，甦醒後會先殺掉附近所有人，然後再毀掉所有東西。

親臨喚醒可怕異靈的現場，就是自殺。

「似乎漏掉了什麼……」黃志明心中有幾分不安，有種被人算計的感覺。

秦良玉才跳上觀眾臺就地震了！魔法陣發出強光射穿夜空，集中的靈力突然遭受吞噬，草皮變成輸送帶似的不停後退，往魔法陣集中。

泥土、靈力像是被漩渦吞噬，魔法陣中心出現巨大的人形，它像是從水中浮出般的緩緩上升，露出三公尺、五公尺，不停變大的形體。

神話中才會出現的巨人現身了！

十五公尺高的巨人由泥土組成，足球場的草皮變成它的皮膚，巨大的身軀與大地連結，好像是雙腳插在土中一般。一般的異靈是由靈質組成，少數擁有真實形體的異靈往往是遭受封印被困在有形的物質當中。以自己的力量支配物質，擁有真實形體的異靈不是最強大，便是擁有某種特殊能力的異靈。

眼前的異靈力量強大，而且力量還在增長中，原本在足球場上的魔法陣融入它的身軀，不停抽取地脈之力成為它的血肉，化為它的力量。

「好醜的大傢伙。跟這種怪物打架，一點都不有趣……」

「豈止是不有趣，根本是玩命……」

眾靈之友真的喚醒了異靈，不過才甦醒的它跟凶惡的異靈似乎不同。依據各種典籍記載，凶惡的異靈起床氣都很強大，每次甦醒都要先大肆破壞才會清醒。雖然完全清醒後還是會繼續破壞，差別在有目的的破壞與毫無目的的破壞。

「你有何打算？」胡妲姬問。

「有理智的人會立即撤退，不過我想留下來拖延時間。任務大失敗已經夠丟臉了，如果不做些什麼就逃跑，以後哪有臉見人。」黃志明自嘲的說。

「原來黃小弟是要臉不要命的類型。」胡妲姬俏皮地說。

「妳打算先走一步嗎？」黃志明反問。

「不，我要幫我的雇員出口氣，好歹要打它兩下才能離開。」胡妲姬搖頭。

「妳不是說跟這種大怪物打架一點都不有趣？」

「是不有趣。可是獵人的名聲很重要。人家若不聞不問，以後誰還願意幫我做事？」胡妲姬朝他眨眨眼，「所以啦～麻煩你掩護，人家才好揍他兩下！」

「我盡力。」黃志明蒼白的臉上露出笑容。

第九章

巨靈王

巨大的異靈，強大的威壓讓人喘不過氣。

黃志明效法唐吉訶德堅定信念、勇敢無畏地迎向前去。他連發三道仙術，封印、解離、弱化，三道仙術比肉包子填海還慘，連個水花都沒濺起。

針對「存在虛幻與現實夾縫中的異靈」的仙術竟然完全無效！

「麻煩的大傢伙……」黃志明不認為他的攻擊能造成多少傷害，可是連引起異靈的注意都辦不到還是叫人喪氣。

「可惡，試試這招！」

針對異靈的仙術無效，改用實體攻擊的仙術。只是這個仙術需要時間，施術期間若遭攻擊只能放棄。

巨大的異靈根本不理會腳底下的幾隻小「螻蟻」，倒是來自觀眾臺的意外差點害黃志明中斷施法——

秦良玉竟然從臺上摔下來，撞到黃志明！

胡姐姬馬上進行掩護性攻擊，指示從巫醫那投誠的詛咒娃娃使用獵人的魔法弩朝廣播臺射擊，魔法箭矢被能量力場擋下。那裡不但有人，而且還有強大的防護力量。

「他拿著召妖幡！」跌下來的秦良玉沒有大礙，但是表情非常驚訝。

「召妖幡？原版那面？」黃志明問。

「不。我們回收的仿製品。」

「公、會、到、底、在、做、什、麼！」胡妲姬很不滿的說。

那人走到臺前。光頭的他戴著面具，手持召妖幡．仿。他雖然戴著面具，但是黃志明等三人都很清楚他是誰。

「到頭來還是監守自盜。」黃志明嘆氣。

「一定是薪水太低。」胡妲姬這時還不忘跟秦良玉鬥氣。

那人摘下面具露出真面目，禁忌寶庫的守門人杜——負責守護寶庫的人，負責追回失物的人，同時也是從禁忌寶庫中取走《喚靈之書》的竊賊。

「很感謝你們幫我把召妖幡拿出來。」杜向三人行禮。

「這樣啊，那可以請你將召妖幡還回來嗎❤」胡妲姬向他撒嬌。

「胡妲姬，別浪費妳的魅術。感謝未來科技強大的技術，小小的一片隱形眼鏡就能帶來重組畫面的神奇效果。」

「杜，你身為禁忌寶庫的守門人，為何要做出這種事？」秦良玉責問。

「守門人？」杜露出怨恨的表情，忿忿不平的說：「神聖的禁忌寶庫守門人？呸！我辛苦努力學習、通過重重考驗，為的是什麼？沒有榮耀，沒有美好的未來，只有冰冷的禁忌物品！一堆只能看、不能用的東西！憑什麼要我永遠守著那些老古董，永遠關在那個冰冷無趣的地方！憑什麼！」

「你可以拒絕。並沒有人強迫你成為守門人。你可以選擇，成為守門人或是一般人。」黃志明說。

「成為一般人，侍奉守門人的奴隸？省省吧，在禁忌寶庫出生的孩子只有當工蟻，或是當囚犯的分。」

「所以你就監守自盜，將東西帶出禁忌寶庫？」

「不。事實上我並沒有偷東西，只是將東西丟入垃圾桶。」杜很得意地說。

「就這樣？」黃志明非常驚訝，「你不是發過誓如果不追緝凶手，你會遭受懲罰？」

防護極為嚴密的禁忌寶庫居然輸給垃圾桶。送東西進去需要進行嚴格的安檢，拿東西出去也會進行檢查，但他們忽略了每週都會運出去的垃圾袋。

「是的。我的任務是取回《喚靈之書》與緝捕凶手。由於沒有凶手，所以我永遠都抓不到凶手，但我依然會努力追捕凶手，永遠不會因為追緝凶手的問題遭誓約懲罰。唯一的問題是沒抓到凶手就不能回到禁忌寶庫，正好我本來就沒打算再回到那個鬼地方。」

「難道你就不怕禁忌寶庫的人跑來制裁你？」黃志明問。

「哈！禁忌寶庫有能力處置我的人，全因誓約的關係不能離開寶庫，除非又有東西失竊。不過，禁忌寶庫豈是任由宵小進出的地方。」杜更加得意的說。

禁忌寶庫乃是世界上防護最嚴緊的寶物庫，如果不是守門人從中動手腳，寶庫中的東西根本不可能失竊。這種事怎麼可能一而再、再而三的發生！

難道真要讓他逍遙法外？不能！

可是杜現在有個超級可怕的保鑣。

「我會將你逮捕到案。」秦良玉固執的說。

「這是不可能的。」杜信心十足的說：「我並不是為了對付你們才喚醒巨靈王。對付你們，憑我自身的實力就夠了。」

秦良玉瞧他一眼便舉起長劍，堅定地指向杜，「奪回召妖幡‧仿。」

說得簡單，要做很難。單單是杜便擁有頂尖獵人的實力，況且他現在還有可怕的巨靈王當幫手。

秦良玉信念堅定，瞧她的氣勢更勝巨靈王。她毫無畏懼之色，光看氣勢別說是巨靈王，就算對手是上帝、佛祖，她都敢一劍斬之！

但是光有氣勢是不夠的，巨靈王擁有絕對實力，雙方的差距深如馬里亞納海溝，高如朱穆瑪朗峰，天高地厚的差距並非氣勢所能補足。

有氣勢、有決心是好，但是不能有勇無謀。

「我會拖住那隻大傢伙，麻煩妳幫我痛毆杜。」黃志明說。

「人家最討厭大騙子。不用給溫蒂妮那個胸大無腦的大花瓶面子，揍扁他！」胡妲姬雙手握拳。

「好！」秦良玉一句簡單的回應就再次躍上觀眾席，準備將杜逮捕到案。

胡妲姬轉頭又問：「黃小弟有把握掩護小女孩嗎？」

黃志明用仙術請出來的黃巾力士足有三公尺高，雄壯威武的模樣氣勢十足。可是跟巨靈王一比卻又成了小孩子，身高只到巨靈王的大腿，胸圍都沒巨靈王的胳臂粗。

小蝦米對大鯨魚，勝算渺茫。

「掩護個一、兩分鐘應該沒問題……」黃志明沒多少把握。

「唉，小弟弟不可靠，當姐姐的只好辛苦一點。」

胡妲姬召來詛咒娃娃，卻不是請它參戰。她朝詛咒娃娃額頭輕輕吻下，巫醫束縛它的咒力一道道飛竄而出，最後一道咒力卻是飛往胡妲姬體內。

詛咒娃娃獲得自由後繞著胡妲姬高興地飛舞，甚至高舉魔法弓要幫忙。

「乖。你該回家了，這裡不是你該停留的地方。」

在胡妲姬溫柔的勸說下，詛咒娃娃依依不捨地告別。詛咒娃娃緩緩上升，身軀漸漸轉為透明，最後化為光點消失無蹤。

告別詛咒娃娃，胡妲姬趴跪在地，彷彿在進行神聖儀式似的朝地面深情親吻。

黃志明啞然。她在做什麼？沒有靈力流動，不像法術，也沒有未來科技的影子。在這種緊要關頭，她到底在做什麼！

巨靈王不會因為胡妲姬的怪異就不動作，它用奇怪的方式向前滑動，下半身還插在土中卻能向前移動。

「阻止它！」黃志明驅使黃巾力士擋住巨靈王。身高快三公尺的黃巾力士用力推擠巨靈王，用盡全力在地上留下深深的刮痕，卻還是無法阻止巨靈王移動。

黃巾力士的努力雖如螳臂當車，但巨靈王的前進速度確實減緩了。它像拍打蚊子般的朝黃巾力士巴下去。

黃巾力士狼狽地躲開，巨靈王的手掌在地面上留下深達膝蓋的巴掌痕。

——被打到就死定了！

黃志明馬上控制黃巾力士飛躍攻擊，使盡全力用飛踢朝巨靈王的臉上打下去。攻擊效用不大，只求惹惱巨靈王吸引它的注意力。

巨靈王虎軀一震，大地為之鳴動！

黃志明心神震盪，依然控制著黃巾力士左右閃躲，抽空偷打，使盡渾身解數吸引巨靈王的注意力。他的冒險努力有成果，觀眾席上傳來杜大聲的咒罵。

「別理那個東西，快來幫我！」

杜小覷了秦良玉。即使杜習有禁忌寶庫專有的強大魔法，還是不能讓秦良玉近身。持劍戰鬥的秦良玉很強、很可怕，帶著一劍在手、天下無敵的氣勢殺得杜狂冒冷汗。

杜擁有強大的魔法，卻沒機會施展；他擁有禁忌寶庫特有的強大武器，也沒有機會使用。他不該讓秦良玉靠近，更不該拿著無助於戰鬥的召妖幡·仿。

杜大意了，他以為喚醒巨靈王就能為所欲為。但巨靈王不找黃志明，不理胡妲姬，卻追著黃巾力士在足球場內兜圈子。

武器再強大，使用者運用不當還是枉然。杜犯了個大錯誤。運用異靈是門高深的學問，他的專長不在此。

杜不知道召妖幡·仿雖然可以控制異靈，但同時會降低異靈的判斷力，壓抑異靈的本能。而且他給巨靈王的命令太籠統，受到召妖幡控制的異靈智商僅剩三歲孩童的水準，而且異靈最可怕的本能力量還受到壓抑。

接到杜氣急敗壞的命令，巨靈王拋下黃巾力士跑回來對付秦良玉。

「擋住它！」黃志明下令。

黃巾力士用身體阻擋無效，用力拉住巨靈王也只是被它拖著走。

「混帳！」黃志明著急，可是沒用。

就在此時，足球場的草皮突然瘋狂生長，纏上巨靈王，無數小草和藤蔓拉住巨靈王，巨靈王像是披上標榜自然風的「皮草」。

纏上巨靈王的植物都足以拉住十頭大象了，可是卻不能阻止巨靈王的腳步。

「你們死定了！」狼狽的杜瘋狂大叫。

眼見巨靈王即將與杜會合，杜獲得巨靈王守護之際，也是黃志明三人完蛋的時候！

不過，事情沒這麼簡單。

秦良玉突然收劍入鞘。準備放棄？當然不可能。她準備施展威力更強大的斬擊，收劍入鞘，蓄力後再出鞘的劍將更可怕。

杜冷哼一聲，迅速施咒，來自忌禁寶庫的秘法形成羅網。

此秘法名為「困」，原意是將竊賊連同寶物困住。

秘法困雖無威能，卻是極強的防護秘法。被困之人雖無法動彈，卻也不會受到任何傷害。當然，秘法的原意不是保護竊賊，是守護被竊賊取走的寶物。

黃志明、胡妲姬全力阻止巨靈王。黃巾力士螳臂當車，擋不住，遭輾壓，粉碎了。

足球場上所有的植物瘋狂生長，結果全被扯離大地，一時之間泥沙滿天、塵土飛揚……在這黃土瀰漫之中突然一道劍光閃耀！

長劍突破秘法！

杜不甘心地瞪大眼睛。

劍刺過杜持幡的手臂後插入杜的胸膛，威力絕倫，可怕的一劍！

「咳……」杜身受重傷，憤恨的詛咒：「可惡！怎麼會這樣！你、你們這些不得好死的獵人，公會的走狗……」

「何必呢！苦海無涯，回頭是岸。」黃志明暗施仙術，企圖用語言影響杜。這種仙術可以影響意志薄弱之人，達到勸說的效果。

杜雖然不是意志薄弱之人，但是遭此重創，心靈想必大受打擊，正是心靈縫隙最大的時候，運氣好也許能說服他。

杜低下頭好像在考慮什麼。

兩秒後他抬起頭來，神色瘋狂！

「不好！快阻止他！」胡妲姬驚訝大喊。

阻止他？要阻止什麼？

當然是阻止杜做出驚人之舉。

杜的手伸向召妖幡．仿，用力扯下，將召妖幡．仿撕成碎片！

「哈、哈、哈！要我回去那座冰冷的監獄，不如讓一切都毀掉！」

他竟然想毀掉召妖幡．仿！

他難道不知道失去控制的巨靈王會把眼前所見的一切全部毀掉？整個城市將被毀滅，所有人都會被憤怒的巨靈王殺死，而在場的四人包括杜將是巨靈王手下的第一批犧牲者！

不自由，毋寧死。想不到杜有此覺悟。

召妖幡．仿的毀滅，撕裂了巨靈王與杜之間的聯繫，巨靈王一時之間陷入迷惘。不過這種狀況維持不了多久，等了一會，當巨靈王意識到自己曾被區區的人類控制，它將加倍狂暴。

「混帳王八蛋，想死不會去跳樓！」胡妲姬氣得大罵。

「依原計畫爭取時間，繼續在此阻止巨靈王。」秦良玉態度淡定的說。

「阻止巨靈王」這句話說得好像在討論午餐要去吃什麼一樣簡單，但曾跟巨靈王交過手的黃志明與胡妲姬都知道好難！

體驗過巨靈王強大的兩人都知道，巨靈王只要發揮一滴滴的實力就可以如同捏死螞蟻般的將他們全部殺死。

「妳是認真的？」黃志明問。

「我們必須阻止他。」秦良玉再次說道。

「可惡，我已經過勞了急需休息！但是讓大傢伙亂來，恐怕要永遠休息了……」黃志明蒼白的臉孔略微發青，好像快喘不過氣來了。

「只有最厲害的獵人才有資格接最難的任務，你要高興才對。只要活下來，你就直接跳級，加入最頂尖的獵人圈子！」胡妲姬為黃志明打氣。

「謝謝，我覺得好多了。」

「不過，活下來的機率太低了。能跟可愛的小弟弟一起永眠，也是不錯的結局❤」

黃志明搖頭笑了笑，跟胡妲姬一起長眠，豈不是死後都不得安寧？當然，這種想法他絕對不能說出來。

「巨靈王雖然可怕，不過它並不是完整的巨靈王，所以我們有機會。」

「什麼意思？」胡妲姬問。

「從它甦醒的方式判斷，所謂的巨靈王是在罪惡累積到極限時才會甦醒，是神話中預言的毀滅者、淨化罪惡的異靈。這個城市雖然充滿罪惡，但是還沒到迎接終焉的地步。杜用《喚靈之書》強行喚醒巨靈王，只要耗光怨氣，巨靈王便會再次沉睡。所以我們有兩個選擇。」黃志明理性分析道。

「哪兩個？」

「全力應戰，破壞它體內的魔法陣。只要魔法陣裡的怨氣消失，它就會知道現在不是終焉之刻，就會回歸大地繼續安眠。」

太難了！

三層魔法陣原本藏在地下，現在則是藏在巨靈王體內，雖然沒埋得那麼深，可是穿透巨靈王、破壞藏在它體內的魔法陣，絕對比破壞埋在地下的魔法陣難上百倍。

講白了就是飛蛾撲火。

「那麼第二個方法呢？」

「很簡單，盡力拖延。這點怨氣很快就會耗光。」

「多快？」胡姐姬問。

「滿快的。」

「到底有多快？」秦良玉追問到底。

「不到半小時吧……」

三十分鐘，夠它剷平整座城市了。絆住它三分鐘就嫌久，況且是三十分鐘。

「要攻擊何處才能破壞魔法陣？」秦良玉做出選擇。

她的態度一直很明確——斬無赦。

巨靈王耶！她不問公會要多久才能派出支援，就直接選擇最有效的辦法。

破壞魔法陣當然是最佳方案，城市可受最少的損傷，無辜的人民也不會遭受苦難。唯一的缺點是，面對巨靈王的人有生命危險。

「可靠的小弟弟，給個答案唄～」

「這個嘛……快躲開！」

討論尚未結束，巨靈王便清醒了。它一清醒，馬上發動攻擊。巨大的拳頭砸向三人，撞擊地面後發出悶響，大地為之動搖！

三人及時閃開了。但是拳頭與地面碰撞產生火藥爆炸般的效果，將三人炸離原地。

「要攻擊何處？」秦良玉吼叫。

「三個魔法陣，三處陣眼，必須同時破壞！只要留下一處，魔法陣便能迅速恢復。」

「有辦法做記號嗎？」

「我並不是神仙……可惡的大傢伙，我盡力而為！」黃志明也跟著吼叫。

黃志明不是神仙，胡妲姬卻像神仙般的變魔術，這次她從仕女包弄出一輛越野摩托車！她騎乘機車如同乘風飛行的仙女，在被蹂躪得崎嶇不平的足球場上飆車。

這輛摩托車不是普通的越野車，而是特工使用的特殊工具，不但馬力強、扭力大，還附加兩挺機關槍。

胡妲姬用火力吸引巨靈王的注意，用摩托車的機動力閃避巨靈王的攻擊。這輛摩托車不但有武裝，還有擴音器。胡妲姬就算情況緊急都要保持淑女形象，絕對不會用嘶喊的聲音跟同伴交流。

胡妲姬的表現暫時減輕黃志明的壓力。他雙眼緊盯著巨靈王，腦袋全力運轉，突然靈光一亮。

「有記號！巨靈王身上，靈氣的分布影響植物生長的速度，瞧瞧它身上植物的模樣便能找出陣眼。但是這個方法只能找到體表那一處……哇！」

尋找陣眼的黃志明太過專注，結果太過靠近巨靈王，變成巨靈王攻擊的目標，巨大的拳頭隨手掃來！

這可不是開玩笑的！依巨靈王的力量，它不必完全命中，只要碰到一點點的邊邊角角就能要人命！

再施仙術進行防禦，黃志明才知糟糕，力之瓶的靈力已經耗盡，再施仙術便會引發身上的九重封印。

「體表那處就交給妳們，藏在內部的兩處由我負責！」黃志明咬緊牙關，扯落下山後就一直掛在脖子上的「符劍．昆玉」，做出決定。

「好。我配合你！」秦良玉毫不猶豫的接下危險任務。

一句「我配合你」，表明信任的態度，同是也是無限的壓力。

他沒有退路，只能拚命！

黃志明一心二用，在躲避巨靈王可怕的攻擊時，雙手不停結印施展仙術。

符劍．昆玉乃是黃家最為珍貴的武器之一，其威能不亞於忌禁寶庫中任何一件收藏，甚至直追末日武器。

使用昆玉並不容易，特別是在力之瓶的靈氣耗盡後，難度更是大幅提高。

黃志明還是頭一次以自身之力結印控制昆玉。

黃家是個古老而且守舊的家族。這樣的家族有許多古老的、不符合人性的規矩。

黃家放逐黃志明。放逐不只是逐出家門，同時要收回黃家的知識與技藝。作為沒有處以極刑的代價，黃家在黃志明身上留下九重封印，這九重封印隨時隨地都在消耗黃志明的體力，當他調用靈力企圖施展仙術時，封印馬上會運作，帶來各種痛苦。種種的痛苦不但給黃志明的肉體帶來負擔，還會對他的精神施壓。

九重封印運作，先是帶來單純的疼痛，接著又在心靈中製造可怕的幻影。

黃志明不停止，繼續調動靈力，封印繼續製造可怕的痛苦——如同火烤的痛苦、如同霜凍的痛苦、體力耗盡的衰弱、重力加倍的舉步維艱、有如十日不曾進食的飢餓，還有不停湧出的遺憾與傷心的回憶。

任何一種痛苦都是可怕的折磨，任何一種痛苦都會讓人崩潰！黃志明努力挺住，隨著調用自己的靈力結印施展仙術，九重封印加在他身上的折磨就越加強大。

這些痛苦可以消失。只要停止使用仙術，種種的痛苦馬上消失。

他明明可以一走了之，卻偏偏要留下來拚死拚活，自討苦吃。

多重的痛苦讓黃志明陷入一種迷亂的狀態。人雖然不停奔走躲避巨靈王的攻擊，手雖然不停結印施展仙術與昆玉溝通，但他的神志早已陷入迷失與混亂之中。

身體的痛苦比不上心靈的痛苦。封印讓他看到許多可怕的幻影，不停回想最不想看到的那件事……

在迷亂當中，黃志明心中只存一絲堅持，他的意識如同暴風雨中的孤帆，隨時隨地都有可能覆滅……

突然間，昆玉發出靈光。昆玉主動向黃志明打開大門，接納他，讓他獲得使用昆玉的權利。

強大的力量冒出頭，有如黑暗中的火炬。

巨靈王感到威脅，雖然只是小小的威脅，但有威脅的東西就要先處理掉。

「快退開！」胡妲姬提醒，可是黃志明恍若未聞。

「可惡！真是讓人不放心的小弟弟……」

咒罵之後胡妲姬做出驚人之舉，她騎著摩托車直接衝向巨靈王！用她特製的越野摩托車當武器，衝撞巨靈王。

摩托車撞上巨靈王，就像撞上一堵牆，然後爆炸了！

胡妲姬就像奧運中的體操選手，在摩托車撞上之前躍身空翻，降落在巨靈王龐大的身軀上。

巨靈王擁有可怕的力量，它雖有實體，但本質還是異靈，而且還是為了破壞與毀滅而生的異靈。降落在它身上並不是好的選擇。

全市的怨氣都匯集在它身上，與這股怨氣接觸會把人搞瘋。

胡妲姬露出痛苦的表情，「虧大了，我非跟溫蒂妮討筆高額的補償費用！」

說完，胡妲姬朱唇朝巨靈王移動，她親吻了巨靈王。

這一吻，彷彿耗盡她的力氣，吻後她像秋日的落葉般無力地從巨靈王身上跌落……

這一吻讓巨靈王暫時停止動作，空洞的雙眼像迷茫的孩子，顯得不知所措。

巨靈王為破壞而生，不該在此時此刻甦醒，卻因怨氣匯集而提早醒來的它對自己的使命充滿疑問。雖為破壞而生，但它的使命並非是毀滅。毀滅只是手段，真正的目的是淨化。它感到疑惑。大地需要淨化時應該是充滿罪惡，可是現在它卻感受到濃厚的愛。

所以它疑惑了。

黃志明、秦良玉抓住時機雙雙攻擊。

秦良玉的劍劃開魔法陣，直接將陣眼刨除！她用劍的技術已經到達出神入化的地步，直接挖掉那陣眼，用劍竟然比用鋤頭更有效率。

同一時間，黃志明手持昆玉，瞄準巨靈王。

只見昆玉大放光華，靈氣化為劍光。比兩個大男人合抱還粗的劍氣直接貫穿巨靈王，像是傳說中的神雷射穿天際。

瞬間的光華穿過，在巨靈王胸口留下轎車大小的孔洞。

這具由泥土組成的身軀並非巨靈王的本體，因此即便被打穿卻未傷及本質。不過魔法陣損毀，怨氣、靈氣隨著魔法陣的消失迅速散逸。

巨靈王瞧瞧三人，怨氣消失後再無令人顫慄的可怕壓力，它不再是可怕的毀滅者，只是單純好奇地觀察三人。此時的三人就只有秦良玉還有能力站立，另外兩位全都耗盡氣力，躺在地上任人宰割。

不再有惡意的巨靈王彷彿朝他們笑了笑，伸出雙手將三人推到一塊，然後雙手虛握將三人包覆。

秦良玉為了守護兩位同伴沒有逃開，她蓄積力量準備斬破由泥土組成的手掌。

「先別動……」虛弱的黃志明說。

半秒的遲疑讓巨靈王的大手將三人包住。

疑惑之際，轟然巨響！

天搖地晃！大手突然急速搖晃翻滾，三人像是待在保齡球內，不停滾動後又撞上許多東西……

巨變來得快，消失得也快，由泥土組成的雙手在連續的撞擊後崩壞了。三人跌出手掌，撞得七葷八素。

狀況最好的秦良玉跌跌撞撞地站起來，然後發出一聲驚嘆：「天吶……」

被撞暈的胡姐姬不滿道：「嗚……可惡的溫蒂妮，謊報任務難度。我非叫公會吐出加倍的賞金。咦！真是帥呆了……這下有趣了～」

黃志明在九重封印的折磨下使用昆玉，幾乎要了他的小命，但當他瞧見眼前的情況後，渾身的痛苦瞬間忽略，驚訝地張大嘴巴卻說不出話。

天大的大麻煩……

不光是足球場被夷平，四周的建築物也慘不忍睹，甚至有汽車鑲在高樓大廈四樓的外牆上。

巨靈王回歸安眠，解放魔法陣所有的靈力，靈力歸返大地，瞬間靈波像是引爆一百噸的黃色炸藥。

這種慘狀要怎麼跟社會大眾解釋？

「我的天吶……」黃志明喃喃感嘆。

「沒關係，這是公會要負責的善後工作❤」胡妲姬幸災樂禍地說。

第十章

暴走狂人

不知不覺中，《喚靈之書》失竊案已經變成兩週前的故事。

在這十四天以來，黃志明一直待在公會養傷。他的傷並不是很重，靠公會的藥物與仙術，不到三天他的外傷已經痊癒。

為了完成任務，他付出超過一年份的勞動量，不過休息一週也就夠了。

黃志明繼續留在公會只為避禍。

情報商二十三將他賣了。黃家嫡系的成員就算被逐出黃家，腦袋中的東西還是很值錢，消息一出便有許多「活抓黃志明」的地下懸賞。

他躲在公會一來是避風頭，二來是為力之瓶補充靈力。

他不光等待力之瓶補充靈力，還寫信向伯父求援。沒有適當的魔法陣，力之瓶補充靈力的速度慢到快吐血。

可惜黃半仙雲遊去了，整整玩了十天才回到大雪山。

雖然黃半仙收到親愛的姪子的信，馬上寄出靈力全滿的力之瓶，卻又碰上公會進行內部清洗的敏感時刻，所有的「不明郵件」都要經過多道檢查手續。

黃志明的力之瓶正巧與藏有「次元正位波發射器」的郵件同批送達，公會為了安全，同批物品全送去化驗，將次元正位波發射器找出來銷毀，等到確認無害時，已經花費了整整三天。

這兩週對公會而言是艱難的十四天，黃志明何其有幸可以親眼目睹公會的劇變。

眾靈之友正式脫離公會成為全球性的大組織，雖然他們只拉走公會不足一成的獵人，但是擁有《喚靈之書》的眾靈之友，可以為所有的成員喚醒適合他們的異靈。

眾靈之友的成立不光是拉走公會一成獵人那麼簡單，公會損失的也不單是百分之十的戰力，公會最大的損失在於「名聲」。

眾靈之友的公開成立狠狠地打了公會一巴掌。

眾靈之友可以不甩公會，用他們的信念建立另一套對待異靈的準則。

那麼我們為什麼要乖乖聽話？

眾靈之友可以，我們也可以！

於是，公會威信掃地。

各方勢力蠢蠢欲動。

為了維護公會的聲望，這十四天來有三個大型的地下組織被公會消滅，十個不安分的團體永遠消失。

公會用血重新建立難以動搖的地位。但是流再多的血，公會的威望依然比不上過去。因為眾靈之友依然存在。

這場混亂造成人心浮動，甚至有位獵人暗中接單就在公會暗算黃志明。幸好動手之時，黃志明手中的力之瓶已經充能過半，狩獵者反成獵物。

如今備用的力之瓶已經送到黃志明手中，他再也不想待在重建新秩序的公會，於是他來到溫蒂妮的辦公室向她道別。

這時的溫蒂妮比初次見面時整整瘦了一圈，她活像非洲難民，不但臉頰凹陷，還有擦再厚的粉都蓋不掉的黑眼圈。

艱難的兩週，她已經整整兩週沒有休假，十四天來狂加班，平均下來每天睡不到三小時，幸好最艱難的關鍵時刻已經過去了。

溫蒂妮雖然瘦了許多，不過因為腰圍變小，雄偉的雙峰更被突顯出來。

「坐一下，有些東西該給你，新獵人編號B0049……有了。」溫蒂妮從小山般的文件中找出公文封，「麻煩你將舊的手機交出來，裡頭有公會的新手機以及兩張魔法契約，你瞧瞧沒問題的話就簽名，重新加入公會成為公會的獵人。另外，我幫你開了兩個戶頭，分別是瑞士銀行與新星銀行的帳戶，我將你執行任務的賞金全匯到新星銀行的戶頭。你要是不放心，可以馬上轉匯到瑞士銀行。」

「這倒不必……」

溫蒂妮好心地提醒：「如果你想要進行某些灰色交易，最好別用新星銀行的帳戶，畢竟這家銀行是公會控制的金融機構。」

「再說吧。」黃志明將心思放在魔法契約上，並不在意錢的問題。

新的魔法契約並無效忠公會的宣示條文。如果公會要獵人們簽這種契約，公會的獵人數量恐怕會再次銳減。

新的契約特別強調「保密」以及「跳槽懲罰」的競業條款。黃志明反覆閱讀三次，再施仙術偵測確定沒問題後才簽下大名。

「歡迎你正式加入公會。我將擔任你的聯絡員，希望以後能夠合作愉快。」

「謝謝。很高興能獲得妳的服務。相信妳會為我爭取最佳福利。」

「慚愧。原本該讓你成為A級獵人，不過在記錄上你只完成一件任務，所以沒辦法讓你直升A級。而且依慣例，還要讓老手再帶你完成兩個任務，才能獨立接單。」溫蒂妮苦笑一聲。

「我確實是新手。」黃志明很隨和的說。

「原本我該帶你離開，可是手邊的工作太多實在忙不過來。可以請你等一會嗎？胡妲姬也要來領新的公會手機。」

「無妨。反正我不趕時間。」黃志明大方挪動身子，將自己舒舒服服地埋在大沙發上。

溫蒂妮見狀，不由得心酸埋怨。

「你倒很閒，可是你知道你們給我帶來多少工作嗎？居然炸掉足球場！你們就不能行行好，別搞這種驚世駭俗的大騷動嗎！光是消除目擊者的記憶，公會便派出數千名的魔法師；還有，為了掩飾足球場的消失，公會還派出大量的魔法師製造幻影，接下來還要暗中重建足球場……你要累死我啊！」

「這也是沒辦法的事。」

「我知道那不是你的錯……唉，最近壓力實在太大。」溫蒂妮純粹發洩，沒把這件事放在心上。

「我能理解。」黃志明懶洋洋地回應。

「對了，我向你說過獵人的基本權利與義務嗎？」

「還沒呢。」

「權利方面你自己閱讀手機便可。關於義務方面有幾點我必須特別向你提醒。首先是獵人有保密的義務，主要的保密對象是一般人。為了讓社會大眾安心，公會費了極多心力才成功掩飾足球場炸毀的事件。如果再有大動作，麻煩你先通知公會。」

「我盡量。」

溫蒂妮憔悴的臉像是怨女的幽魂緊緊盯住黃志明，有如詛咒般的說：「不是盡量，是一定要！」

「我會記得的。」黃志明還是懶洋洋的回答。

溫蒂妮氣得翻出「新晉獵人注意要點」，正要一條條向黃志明耳提面命之時，胡妲姬來到。

「真是的，溫蒂妮別向黃小弟灌輸那些有的沒有的死板教條。反正獵人的工作就是除去異靈，維護世界和平。其他的都是旁枝末節。」

「妳少在那亂說！因為妳不守規矩給別人帶來多少的麻煩！」

「是給妳個人帶來小麻煩吧。依我看來，公會就是限制太多，卻給某些高層人物太多特權，才會導致眾靈之友的出走。」胡妲姬毫無反省之意。

「胡說八道。」

「別昧於事實。我本以為公會能以此為契機進行改革，結果雖然有改革，卻往更嚴格、更保守的方向改革。真叫人失望。」

「妳根本就不明白，公會有許多難處……」溫蒂妮生氣的反駁。

「我當然不明白，公會從來就沒說明過。不過我也沒興趣知道那些無聊的利益糾葛，我的時間要花在有趣的事物上頭。黃小弟咱們走，這種地方待太久會沾上毒氣。」

「謝謝這幾天來的協助……」黃志明正準備向溫蒂妮道別。

「別打擾溫蒂妮工作，她已經夠忙的。」

黃志明話沒說完，胡妲姬就拉著他離開，好像把公會當成毒氣室，多待一秒都會要命。

◆◎◆※◆◎◆※◆◎◆

就像進入公會一樣，離開公會也是場冒險。

幸好離開比前往簡單許多，只要走進單向傳送門就能抵達特定的地點，只是傳送門在公會多重的保護魔法影響下並不穩定。

胡妲姬帶黃志明像走迷宮似的抵達傳送門，進入傳送門後順利地離開公會。他們來到公會所屬的一間咖啡館。

「坐下來，喝杯咖啡再走。」

胡妲姬大方地請他喝店內最貴的咖啡。

黃志明啜飲一小口。

超難喝！黃志明差點吐了出來。可怕的味道卡在喉中，吞也不是，吐也不是。

「你得習慣。使用傳送門必須給配合的店家一點小費，點一杯最貴的咖啡，並且用心品嘗。」

胡妲姬分明在整人，她沒點咖啡，只叫了名貴的小蛋糕與價格偏高的果汁。

「其實他們的小蛋糕也不好吃，只達到勉強能入口的程度。你要不要再試試別的食物？多試幾次也許能找到合你胃口的東西。」

「妳不是很少去公會？」黃志明很納悶的問。

「這裡是公會的出口，是獵人聚會的場所之一，東西貴又難吃已經是這間店的特色。接下來你有什麼打算？」

「我想先租個落腳處。」

「還租什麼落腳處！直接買棟別墅不是更好？」

「沒錢吶。」黃志明搖搖頭。

「沒錢？」胡妲姬露出奇怪的表情，然後忍不住噗嗤地笑了起來，「哈……你沒看存摺嗎？」

「有什麼好笑的……」

黃志明取出存摺，一個零、兩個零、三個零……九位數字！

「二一零零……呃！個、十、百、千、萬、十萬、百萬、千萬，億！真的是兩億多！不是說處理一隻異靈只有五十萬？」黃志明吃了超大一驚。

「是五十萬起。五十萬是最簡單的任務價碼。為了這一點點錢就張大嘴巴有損『暴走狂人』之名吶～」胡妲姬又笑了。

兩億一千多萬。

才完成一件任務就收到這麼多錢！公會真捨得。

不過黃志明想想也覺得值得，畢竟他們阻止了巨靈王，沒讓巨靈王亂來。因為光是毀掉足球場還有周邊的幾棟大樓，已經造成幾百億的損失了。

相較之下，他的任務報酬只是零頭。

當然，並不是所有的任務報酬都這麼驚人。

真正的新手獵人，從E級任務開始接，報酬就真的僅有五十萬。到了B級便有近千萬的賞金。巨靈王雖然歸類於A級的超高難度任務，不過能有兩億的賞金，還是靠胡妲姬努力爭取。

有了這筆錢，就算是信義區的豪宅也能考慮。人生的長期目標提早達成，黃志明有種不切實際的迷惘。

「等等！妳方才說有損暴走狂人之名是什麼意思？」

「你不知道嗎？所有晉升到B級的一流獵人都能獲得封號，公會依據獵人的能力、特色訂定封號。你獲得的封號便是暴走狂人。」胡妲姬雙眼瞇成心型。

「就像鐵石心腸・斬無赦、謎心魅姬這樣的稱號？可是暴走狂人？暴走狂人指的究竟是誰？」

黃志明不能接受這個封號，他認定公會張冠李戴，把別人的稱號弄到他頭上。他不曾暴走，更非狂人，怎麼會有這種封號。

胡妲姬拿出新的公會手機連上公會的討論版。

「瞧，暴走狂人就是你。本期的獵人之星，在足球場與謎心魅姬、鐵石心腸・斬無赦合力阻止可怕異靈的公會新鮮人。實力高強，不但一招重傷異靈，還順便把足球場周遭的建築物全都摧毀，惹他生氣，讓他暴走的結果就是這樣。」

胡妲姬特別將圖片放大，秀出黃志明使用昆玉後巨靈王被打穿的照片，與巨靈王爆炸後足球場被夷為平地的照片。

黃志明疑惑地望向胡妲姬。這兩張照片只有親臨現場才能拍攝，再瞧瞧撰稿者「小謎」與拍攝者「小魅」，加起來不就是謎心魅姬！

謎心魅姬就是胡妲姬。

黃志明用質疑的目光盯著她。

公會依據獵人的能力、特色訂定封號？

胡說八道！暴走狂人根本就是她製造出來的稱號！

胡妲姬毫無反省之意，反而樂不可支地向黃志明邀功：「人家是為了黃小弟好呦❤」

「是嗎……」

「是滴！你要知道，獵人的名聲可謂是獵人的第二生命喔！你現在是很多人眼中的肥羊呢～～～」

胡妲姬為了證實她的說法，再次拿出手機，打開獵人團體的地下網站，解說道：「你的大腦值五千萬呢！如果沒有暴走狂人這個稱號，走出這扇大門你馬上就會遭受攻擊。現在嘛，只有一流的獵人與不怕死的亡命之徒才敢向你動手。」

「那我還真要感謝妳。」黃志明一點也不高興。

「不客氣❤」胡妲姬像是做了好事，高興地接受黃志明的道謝。

二十三販售情報，終究只是流傳在少數付錢買情報的圈子裡，經由胡妲姬的推波助爛，黃志明登上獵人圈的頭條新聞，想不知道他都難。

因為她幹的好事，黃志明將告別遠離美好的平靜生活。

黃志明心中哀嘆，滿心的無奈無從發洩，只好自嘲：「才值五千萬？我做一次任務就有兩億，結果我的人頭才值五千萬！」

「沒辦法，誰叫你只是個沒有名氣的新人。放心～只要你建立適當的名聲，你的地下懸賞馬上就會爆增。」

「然後就沒有人來找我麻煩？」

胡妲姬微笑，搖頭，「並不是。等你建立名聲後，就只剩真正的高手與不知天高地厚的傻瓜會來找你麻煩。」

人生的長期目標沒有提早達成，反而更遙遠了。

黃志明只能苦笑。

《異靈獵人》全文完

NOVEL KILO
久木 ILLUST
紅蓮利梨花
大神的潛入者
TAKASAGO PROJECT
輕小說
知名作家
天罪
推薦
這本書或許可以
改變臺灣的輕小說!!!
如果二戰過後，臺灣依舊是日治，那會是什麼模樣？
殖民時代下最熱血的輕小說
架空歷史下的臺灣——高砂地區的反抗史詩！
本土TRPG名作《高砂幻想譚》原案，磅礴上市！
典藏閣
華文聯合出版平台
www.book4u.com.tw
采舍國際
www.silkbook.com
不思議工作室_
立即搜尋
版權所有© Copyright 2015

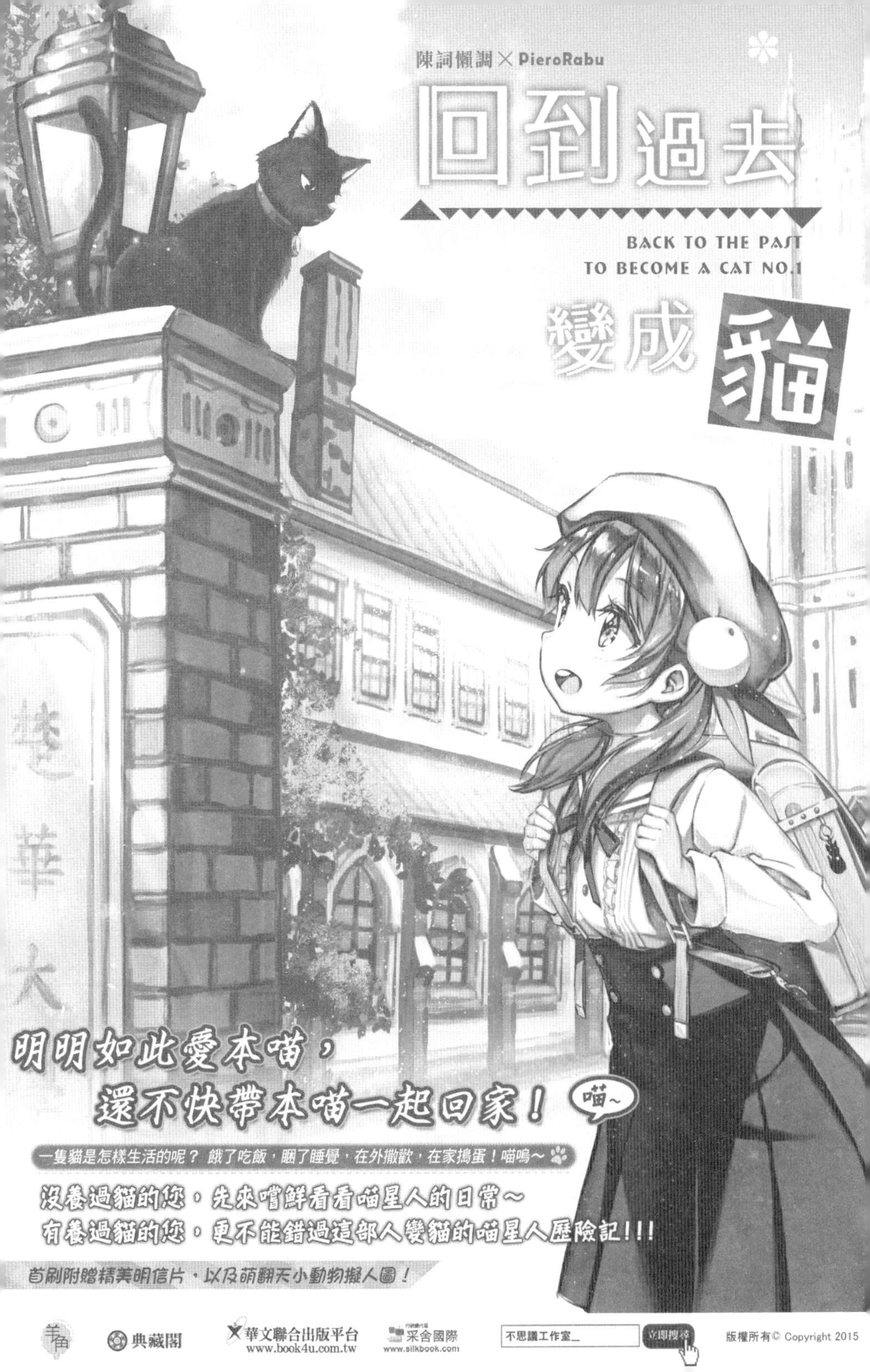
陳詞懶調×PieroRabu
回到過去
BACK TO THE PAST
TO BECOME A CAT NO.1
變成貓
明明如此愛本喵，
還不快帶本喵一起回家！
喵～
一隻貓是怎樣生活的呢？ 餓了吃飯，睏了睡覺，在外撒歡，在家搗蛋！喵嗚～
沒養過貓的您，先來嚐鮮看看喵星人的日常～
有養過貓的您，更不能錯過這部人變貓的喵星人歷險記!!!
首刷附贈精美明信片，以及萌翻天小動物擬人圖！
典藏閣
華文聯合出版平台
www.book4u.com.tw
采舍國際
www.silkbook.com
不思議工作室_
立即搜尋
版權所有© Copyright 2015

羊角系列013

異靈獵人

出版者■典藏閣
作　者■月雨　繪　者■Ginger
封面設計■Snow Vega
總編輯■歐綾纖
製作團隊■不思議工作室
郵撥帳號■50017206 采舍國際有限公司（郵撥購買，請另付一成郵資）
台灣出版中心■新北市中和區中山路2段366巷10號10樓
電　話■(02)2248-7896　傳　真■(02)2248-7758
物流中心■新北市中和區中山路2段366巷10號3樓
電　話■(02)8245-8786　傳　真■(02)8245-8718
ＩＳＢＮ■978-986-271-635-9
出版日期■2016年1月
全球華文國際市場總代理／采舍國際
地　址■新北市中和區中山路2段366巷10號3樓
電　話■(02)8245-8786　傳　真■(02)8245-8718
新絲路網路書店
地　址■新北市中和區中山路2段366巷10號10樓
網　址■www.silkbook.com
電　話■(02)8245-9896
傳　真■(02)8245-8819

☞您在什麼地方購買本書？☜

1. 便利商店（ ________市／縣）：☐7-11　☐全家　☐萊爾富　☐其他______________

2. 網路書店：☐新絲路　☐博客來　☐金石堂　☐其他____________

3. 書店（ ________市／縣）：☐金石堂　☐蛙蛙書店　☐安利美特animate　☐其他____

姓名：__________地址：____

聯絡電話：_______________　電子郵箱：_____________________________________

您的性別：☐男　☐女　　您的生日：西元__________年__________月__________日

（請務必填妥基本資料，以利贈品寄送）

您的職業：☐上班族　☐學生　☐服務業　☐軍警公教　☐資訊業　☐娛樂相關產業

☐自由業　☐其他____________

您的學歷：☐高中（含高中以下）　☐專科、大學　☐研究所以上

☞購買前☜

您從何處得知本書：☐逛書店　☐網路廣告（網站：______________）　☐親友介紹

（可複選）　☐出版書訊　☐銷售人員推薦　☐其他______________

本書吸引您的原因：☐書名很好　☐封面精美　☐書腰文字　☐封底文字　☐欣賞作家

（可複選）　☐喜歡畫家　☐價格合理　☐題材有趣　☐廣告印象深刻

☐其他____________________

☞購買後☜

您滿意的部份：☐書名　☐封面　☐故事內容　☐版面編排　☐價格　☐贈品

（可複選）　☐其他

不滿意的部份：☐書名　☐封面　☐故事內容　☐版面編排　☐價格　☐贈品

（可複選）　☐其他

您對本書以及典藏閣的建議____

____

____

✌未來您是否願意收到相關書訊？☐是　☐否

感謝您寶貴的意見

印刷品

$3.5
請貼
3.5元
郵票

235 新北市中和區中山路二段366巷10號10樓

華文網出版集團　收

（典藏閣－不思議工作室）

異靈獵人

Bogle Hunter

作者 月雨 × 繪者 Ginger